ラルーナ文庫

オタクな美坊主とイクメンアクター

淡路 水

JN132882

三交社

CONTENTS

Illustration

加東鉄瓶

オタクな美坊主とイクメンアクター

本作品はフィクションです。
実際の人物・団体・事件などにはいっさい関係ありません。

秋が深まり、木枯らしが吹きはじめ、そろそろ本格的な冬支度の季節となった。

空はすっかり冬の様相を見せており、晴れ渡った抜けるような青空を見せている。

朝八時。

ここ虹《にじ》が崎《さき》町では、通勤のサラリーマン、通学の学生らの人通りがやや落ち着く時間帯である。

都心から電車で十五分という好アクセスの虹が崎町は、近頃再開発もあって、人気のエリアになりつつある。いわゆる下町で、長屋のような住宅が密集していたのだが、大きな震災を機に街づくりが再検討されるようになった。現在は虹が崎駅の北口側は再開発によって道路がしっかりと整備され、大きなショッピングモールや高層マンションなどが建ち並ぶ、スタイリッシュな街並みへと変貌《へんぼう》を遂げている。

しかしながら南口側はもともとが文教地区だったこともあり、再開発が及ばないまま、昔と同じくいまだに人情味溢《あふ》れる下町の様相を見せていた。

そんな虹が崎駅南口すぐの、虹が崎銀座《ぎんざ》商店街を抜けた先に、大池慈円《おおいけじえん》の家——慈円の家は代々寺であるのだが——宝龍寺《ほうりゅうじ》が経営する「なかよし幼稚園」がある。

慈円は宝龍寺の僧侶であり、そしてなかよし幼稚園の副園長だ。二十五歳という若さで副園長という役職は荷が勝ちすぎているとは思うが、なにしろ自分の父親が園長なのでそれも仕方がない。

慈円は毎朝の寺のお勤めを終え、幼稚園の門を開ける。

通勤通学のピークが過ぎると、今度は可愛《かわい》らしい園児たちがなかよし幼稚園へと向かってくるのだった。

「じえんせんせい！」

軽やかな幼子の声が慈円の耳に届く。

顔を上げると、明るい笑顔の男の子が手を振っていた。

彼は一週間ほど前に転入してきた古城真紘《こじょうまひろ》くん、五歳。礼儀正しくとてもしっかりした子だ。くりくりとした目の彼はとても愛らしく、きっと将来イケメンになるだろうと思われるほど可愛らしい子である。

真紘はいつもにこにことして、転入してからまだ一週間だというのに、早くもクラスの子たちと仲よくなっていて、転入生とはいえ、なんの心配もなかった。

今日も朝一番にやってきて、出迎えている慈円と、その手にはめられている布製のハンドパペット――園のマスコットであるペンギンのペン太に向かってきっちり九十度に腰を折り、「じえんせんせい、おはようございます。ペン太くん、おはようございます」と挨《あい》拶《さつ》をした。

　ペンギンのペン太は昔園にいた先生の手作りのハンドパペットで、ほぼ園創立時からここにある。お世辞にも可愛いとは言えないが、愛嬌《あいきょう》があって、園児にも好かれている。要するにブサカワイイというやつだ。以前は園長である住職が操っていたのだが、慈円が副園長としてこの園に携わるようになって以来、ペン太の担当は慈円になった。

「おはようございます、真紘くん。今日も一番乗りですね」

　慈円は真紘へにっこりといつもの笑顔を向けて挨拶をする。そうして真紘を連れてきた、彼の父親へ「お父様おはようございます」と頭を下げた。

が、真紘の父親はのっそりと頭をひとつ下げるだけでろくに喋《しゃべ》りもしない。

　まただ、と慈円は内心で溜息《ためいき》をついた。

　真紘の父親の幸人《ゆきと》という男はしっかり者の真紘と違って、いつ床屋に行ったのかと思うほどのボサボサ頭に着古したよれよれのトレンチコートでやってくる。しかもサングラスという怪しさ満点の風体である。

　いつも眠そうにあくびをしているし、俯《うつむ》いていて慈円の顔もろくに見ないまま真紘を送ってくる。冬なのにサングラスってなんだ、と思うけれどこちらからは取れとも言えない。

とはいえ、背は高く、コートのせいでよくわからないがしっかりした体つきをしている。肩幅もあるからトレンチコートももう少しぱりっとしたものを着れば、それなりには見えるのに、と思う。

だが朝はこれでもましなほうだ。

どんな仕事に就いているのかはわからないが、お迎えのときには、かなり汗臭かったりくたくたになっていたりするせいか、さらに見てくれが悪くなっている。

不審者と近所の人に通報されてもおかしくないレベルだった。

真紘は延長保育を申し込んでいるのだが、父親の迎えは保育時間をオーバーすることが多い。父ひとり、子ひとりの家のようで、だからそこはあまり追及もできないし、厳しくもできなかった。

けれど真紘は清潔だしきちんとしているし、見たところ傷もない。だからたとえば虐待などということはなさそうだが、保護者があのではいささか不安だ。現に他の園児の母親の間でもひそかに噂《うわさ》の的になっている。

ただ、真紘がとてもしっかりしていて「お父様のあの服装はなにかこだわりがあるのですか？」とつい訊《たず》ねてしまったことがあるのだが、「幸人のことで心配かけてすみません。いつも叱《しか》っているんですが、全然直してくれなくてぼくも困っているんです。幸人をちゃんと叱っておきます」と五歳児らしからぬ答えが返ってきたのだった。

真紘を見ている限りは問題なさそうだと慈円も、他の先生も判断し、様子を見るに留《とど》めることにした。

そして今日も――。

「幸人！　幸人はぼくにいつもちゃんとあいさつしなさい、ってえらそうなことをいうのに、じぶんがあいさつしてないでしょ。いくらていけつあつで、ぼんやりしているからってそのたいどはよくないとおもいます。きちんとしてくれないとはずかしいのはぼくなんですよ」

朝の挨拶が頭を下げただけの幸人に向かって、真紘が口やかましく注意する。

幸人は真紘の説教にしゅんとしょげたように項垂《うなだ》れていて、あれでは叱られた子どものようだ。

まるで役割が親子で逆だなと慈円は笑ってしまいそうになった。

そして、この無愛想な態度が低血圧によるものだったとは、と慈円ははじめて理由を知る。確かに低血圧だと朝は辛《つら》いだろう。きっとまだ体が動いていないのに違いない。

そういう理由があったと知って、彼を見る目がいくらか変わった。

「わかったって……」

おそらくまだろくに頭の回路も働いていないようで、気怠《けだる》そうな声を幸人が出す。

「……おはようございます。すみません……朝は……弱くて」

ぼそぼそと聞こえるか聞こえないかくらいの音量の声の挨拶が、なんだか好ましく思えるのはやはり真紘が彼に説教をしたからか。

「いいえ、お気になさらないでください。お父様もどうぞお気をつけてお仕事に行かれてくださいね」

はい、とやっぱりボリュームの小さな声が聞こえ、幸人はそそくさと素っ気なく「じゃあ」と立ち去っていってしまった。

「じえんせんせい、すみません。幸人はわるいにんげんではないんですが、ひとみしりなんです」

真紘が慈円に言い訳するように謝る。

「真紘くん。真紘くんが謝ることではありませんよ。私は全然気にしていませんからね。それより早く教室へいらっしゃい。サトミ先生がお待ちかねですよ」

「はい！」

真紘は大きく返事をし元気よく、タタタ、と教室へ向かって駆けていった。

その背を見送っていると、「おはようございます」と元気な声がまた聞こえる。

「おはようございます、野々《のの》さん。お母様もおはようございます」

振り返ってやってきた園児とその母親に笑いかけた。

「おはようございます、慈円先生。今日も相変わらずすてきでいらっしゃって……！」

ほうっ、とまるで芸能人を見るような目で慈円を見る。

すてきって……。

どこがすてきだというのだ。着ているのはただの略式の法衣《ほうえ》だし、髪の毛だって寝癖を直した程度で、手っ取り早くブラシで撫《な》でつけただけだ。有髪には寛容な宗派だから剃《そ》ってはいないものの、そこいらにいる同じような年代のサラリーマンと一緒だろうに。

「皆さん、お世辞が上手ですよね。いつも」

はは、と照れ笑いをしていると、「せんせーい！」とダダッと一斉に数人の母親と引きずられるように園児が駆けてきた。

「朝から元気ですね。おはようございます」

にっこりと慈円が笑顔を向けると、母親たちの目がうっとりとなる。

なぜこんなことに、というと慈円の見てくれがかなりいいかららしい。らしい、というのは本人はまったく自覚していないためなのだが、客観的に見てかなりいい、と親友には言われている。なんでも中性的な美貌《びぼう》を誇る映画スターに似ているそうで、そのせいか、園児の母親のみならず近所でも評判なのであった。

慈円自身、たかが下っ端の僧侶でしかないと思っているのに、なぜこんなに女性からキャーキャー言われるのかがよくわからない。かといって、幼稚園のこともあるし、檀家のこともある。塩対応をしていたら、園や寺の評判にもかかわるということで、一応愛想を振りまいている。

これも修行だ、と慈円は穏やかな笑みを崩さないように、笑顔で園児を出迎えていた。


「すごいわね！　いまどきの子どもってば！」

今朝《けさ》の真紘の様子を、慈円の部屋を訪ねてきた親友の大地《だいち》に話すとゲラゲラと笑われた。

近所に住む三つ年上の大地とは幼い頃からの長いつき合いで、他に兄弟のいない慈円にとっては兄代わりのようなものだ。

今は引っ越してしまったけれど、慈円が高校生のときまでは斜向《はすむ》かいの家に住んでいた。そんなこともあっていまだに家族ぐるみのつき合いである。

大地は駅向こう――虹が崎の北口にあるカフェのオーナーだ。野菜たっぷりのメニューと美味《おい》しいスイーツが人気で、そこそこ繁盛している。野菜中心のメニューの中にはおしゃれになりすぎない、家庭料理のような食事もあって、意外と働く男性に受けているらしい。大地の作るご飯目当てに通ってくる常連も多いと聞く。

実はゲイである彼は、自分の恋人を見つけるためにカフェを開いたのではないかと慈円は推測している。それを言うと「やだあ、そんなことないわよぉ」と若干オネエ口調が入った話し方で否定するけれど。

なにせ常日頃から「男は胃袋からよ！　胃袋摑《つか》んで男も捕まえるの！」と口癖のように言っているので、その否定はまったく信憑性《しんぴょうせい》がない。

「ホント、すっごいしっかりしてんだよね、真紘くん。はじめはお父さんがそんな感じだから大丈夫なのかな、って思ってたんだけど、あの子を見ていたら全然心配ないっていうか。それどころか、真紘くんに育てられてるんじゃない？　って思うくらいで」

「へえ。話だけ聞いてると、あんたよりずっとしっかりしてんじゃないのよ」

「そうかもー」

「そうかも、じゃないわよ。幼稚園児に負けないようにあんたもしっかりしなさい。っていうか、見習ったら？　あんた法衣脱ぐとシャレになんないくらい使い物にならないんだからさ」

「まあ……そうだけど」

とばっちりだ、と慈円は口をへの字に曲げる。

「そうよ。あんた、特撮もいいけど少しは服とか髪型とかいい加減気を遣いなさいよ。なにそのダサいTシャツ。毎日法衣着てるからって、普段着るもの手抜きしすぎなんじゃないの。やだあ」

あーもう、と指を指されたのは、最近リメイクされた巨大ヒーローものの作品のTシャツだ。ファストファッションのブランドとコラボしたTシャツで、わざわざ渋谷《しぶや》まで買いに行ったものなのに。

「……いいじゃない、別に。プライベートくらい好きなもの着ても」

実は慈円は特撮オタクだ。それも筋金入りの。

巨大ヒーローから戦隊ヒーロー、怪獣にロボット。非日常をアニメではなく特殊撮影を駆使した実写で表現するところに慈円はとても魅了されている。

幼い頃から胸をときめかせ、いつかは戦隊チームのひとりになって世界征服を企《たくら》む悪いやつらからこの地球を守りたい、本気でそう思っていた。

今だってミニチュアや着ぐるみや特殊撮影の技術にスーツアクターの演技、そして胸を熱くさせるストーリーが慈円の生きていく支えだ。熱くひたむきなストーリーに没頭し、こよなくヒーローを愛している。

「まあ、いいけどねえ。まったく近所でも評判の美坊主様が法衣脱いだらこんなんなんて、本当のこと知ったら奥様方の夢も木っ端微塵《こっぱみじん》に崩れ去るわね」

「そんなこと言っても……」

「あー、わかってるわよ。あんたのそれは物心ついたときからだって、アタシが一番よく知ってるっての。さすらいのヒーローに憧《あこが》れて、玩具《おもちゃ》のラッパ抱えて隣町までひとりでてくてく歩いていった挙げ句、迷子になって泣きながら鼻水垂らしてイケメンの警察官に連れられて帰ってきた姿、今でも覚えてるわよ」

そこでちゃんと警察官がイケメンだと認識しているあたり、大地だって、かなりのものだと思うがそれを言うとまたよけいなことを言われるので、慈円は黙っていた。

「——それより、本題。また武《たけし》があんたの意見聞きたいんだけど、って言ってきたからそのうち連絡いくけど大丈夫?」

「あ、うん。いいよ」

慈円は頷《うなず》いた。

武というのは大地の兄だ。慈円より十歳も年上なので、昔はさほど一緒に遊ぶこともなかった。しかし武は玩具メーカーに勤務しており、特撮好きの慈円にこっそりモニターのようなことを頼んだり、意見を聞いたり、ということがときどきあり、昔よりも今のほうがずっと話をしているような気がする。

なにせお互い情報交換できるとあって、現在はＷｉｎ－Ｗｉｎの関係である。

「毎回悪いわね。でも、あんたの指摘で助かってるらしいから、頼むわ」

「いいよ。武兄の役に立つなら。いつでもいいって言っておいて」

「ありがとう。あんた今度武になんか奢《おご》ってもらいなさいよ。それにしても……ねえ、また増えた？」

大地が慈円の部屋をぐるりと眺めてそう言った。

慈円の部屋はフィギュアからポスターからＤＶＤに子ども向けの玩具に至るまで……特撮にかかわるものでみっしり埋め尽くされている。およそ坊主らしからぬ部屋だ。

「わかった？　あのさ、朝日《あさひ》さんの出ていたＤＶＤボックスがさ、やっと届いたんだって！　もう、予約してから待ちきれなかったけどようやく！」

ほら見て、と慈円はぱあっと顔を明るくさせる。あるＤＶＤボックスを取り出すと、前のめりになって、大地に見せびらかした。

慈円には大好きなスーツアクターがいた。

朝日アツシというスーツアクターの大ファンで、彼の出演作はすべてチェックしている。

スーツアクターは着ぐるみをまとい、顔を出すことはない。だが、顔が隠されているにもかかわらず、そのアクション、その演技は表情豊かだ。

特に朝日アツシのアクションは他のスーアク——スーツアクターと比べ段違いにキレがいい。

今、慈円がなにより夢中なのは朝日アツシだった。

「あー、あのお尻《しり》がぷりっとした」

大地も慈円のこういう話は慣れっこだ。いつものことなので特にドン引きするわけでなく、加えて言うなら慈円に強制的にＤＶＤを見せられているから話も多少はわかる。

「そうそう。その朝日さん！　激光戦隊《げっこうせんたい》シャインレンジャーの！」

シャインレンジャーは三年前に放映された戦隊ヒーロー作品である。ここしばらくの戦隊もので慈円が一番好きなのがシャインレンジャーだ。ストーリーが格段によかった上、大好きなスーツアクターの朝日アツシが出ているとあって、慈円の推し作品なのだった。

さらに言うと、シャインレンジャーの評判がかなりよかったため、シリーズ化され、現在シャインレンジャーダブルエックス、という作品が放映されている。

そちらもかなりの人気の作品なのだが、慈円は無印のシャインレンジャーが一番だと思っていた。

「はいはい。わかったわかった」

大地は耳にたこができるくらい話を聞かされて、うんざりとした顔をしている。

なにせ慈円には特撮を語り合えるような友達がいない。イベントやオフ会はとても憧れているけれど、そもそも慈円自身が引っ込み思案で人見知りだ。

僧侶であり幼稚園の副園長という立場上、老若男女様々な人たちと話をするのがある意味仕事ではあるから、なんとかこなしているものの、実際の慈円は人と話をするのは苦手である。日中の慈円は、法衣という一種の着ぐるみをまとって、僧侶と副園長という役柄をこなしているに過ぎない。

自分もスーツアクターと同じ、と思いながら毎日ようやく仕事や修行をこなしているのだった。

だから法衣を脱いだとたんに使い物にならなくなる。こっちが本当の自分。

とはいえ、慈円は語りたい。友達といえば大地しかいないような慈円だけれど、特撮、特に朝日アツシに関してはいくら語っても語り足りない。なんたって彼のお尻の形が絶品なのだ。あのお尻の色気は誰《だれ》も敵《かな》わないと思っている。

「はー、もう、このお尻……」

ポスターの中のシャインブルーの尻に手を滑らせ、うっとりしたように言うと、大地に

「リアルに目を向けなさいよ」と呆《あき》れられた。

「リアルって……別にいいよ、俺」

「あー、もう！　ほんっと、ギャルゲーやエロゲーに没頭するオタクのほうがあんたよりずっとましなんじゃない？　二次元とはいえ、おっぱい触りたいとか、可愛い子にチューしたいとか思ってる分、まだ動物としての本能が残ってる気がするわよ」

法衣を脱ぐとまるで使えない人間になってしまう慈円だから、この年になるまで恋愛らしい恋愛をしたことがない。

女性に多少興味を持った時期もあったけれど、積極的につき合いたいと思ったことはなかったし、性欲そっちのけで特撮に身を捧げていたから、いまさら女性の体に触れたいと思ったこともない。

体に触れたいと思うのは、スーツアクターなのだけれど、それは恋愛とはまったく別の次元の感情だ。

しかも学生時代から、言い寄ってきた女性も男性もいたが、黙っていればイケメンなのに……と、ガチ特撮オタクという中身を知ったとたんに振られまくり、いまだにキスすら経験がなかった。

実は修行時代に位が上の僧や先輩の僧に言い寄られ、押し倒されそうになったこともないわけではない。が、オタクがこうじて、しかもかつてはスーツアクターを目指したこともあり、こう見えて空手に合気道、少林寺拳法の有段者である。幼い頃から道場に通い、体を鍛えていた。

そんなわけで、不埒《ふらち》なことをする輩《やから》は投げ飛ばしたり、蹴《け》りを入れたり……相手が大きな怪我《けが》をしなかったのが不思議なくらいだった。

それ以来、あいつには触るな、とお触り厳禁のレッテルが貼《は》られることになり、虫も寄りつかなくなってしまったのである。

「だって……」

「だってもクソもないわよ。っていうか、あんた恋したことないでしょ。女でも男でも」

「別に……坊主だから恋愛なんかしなくていいし。……お釈迦《しゃか》様が恋人？」

恋、という感情は知らないけれど、ときめきなら特撮で得ている。日々の悩みやなんかあっても貼られているポスターやお釈迦様に愚痴を吐き出し、お経を唱え心を鎮めてそれでなんとかなっている。そういう存在ならフィギュアや仏像で十分だ。

それに毎日、幼稚園の園児との触れ合いで癒《い》やされている。恋人は果たして必要なのか。

「うざ！　あー、なにその枯れきったジジイみたいな返し。わかってるわよ！　でもね、あんたせっかくきれいな顔してんのよ。なのに、このまま一生ガキと仏様だけを相手にするつもり？」

恋愛脳の大地はいつもこうだ。

とはいえ今日はやけに絡んでくる。こんなふうに慈円に絡むときはたいてい、男に振られたときか、喧嘩《けんか》したときと相場が決まっていた。

（また振られたのか……）

苦笑いしつつ、大地が持ってきたケーキを見る。

製菓学校にも行っていた大地はケーキを作るのが得意だ。

今日持ってきたものもフルーツたっぷりのタルトで、やけに気合いが入っている。ピースではなくホールで持ってきたところを見ると、これを彼氏にプレゼントしようとでも思っていたのか。確かつき合っていた彼は甘党で、ケーキが好きだと言っていたから、その彼とトラブルがあったのかもしれない。

「ね、また振られたの？」

聞くと、大地がぎろりと鋭い目で慈円を睨《にら》む。

「振られてません！　こっちが振ってやったのよ！　あんな男！　ちょっとあんた聞いてくれる？　聞くわよね？」

「き、聞くから、聞くから」

ははは、と引き攣《つ》った笑みを浮かべた。身を乗り出して、今にも摑みかかってきそうな勢いの大地をどうにか宥《なだ》める。

「ほんんんっと、あんな男だと思わなかったわ！　先週、サイパンにふたりで行ったのよ。もー、奮発して、三泊とも海上コテージでロマンティックな旅行になるかと思ったのに！」

ギリギリと大地が歯嚙《はが》みしている。よほど腹の立つことがあったらしい。

「いざ、さあ、ディナー！　ディナーに行きましょう、ってなったとき、あいつったらどうしたと思う？」

思う？　と聞かれても、その場にいない人間にはわかるはずもない。どう相槌《あいづち》を打つのが正解かと思っていると、大地は勝手に話を進めていった。

「リゾートよ？　ディナーよ？　そしたら『僕……お腹弱いほうだから……海外のご飯ってお腹壊すかもしれないし……』って言いだしやがって！　そんでヤツはスーツケース開けたのよ！」

ああああ！　と大地は髪の毛を搔《か》きむしり、大きな声を上げる。

鬼のような形相に慈円は後じさりしながら怯《ひる》みつつ、黙って話を聞いていた。

「スーツケースの中に、なにがあったと思う？　スーツケースいっぱいにカップラーメンよ！　カップラーメンとシリアルバー！　ほとんどそれでいっぱいのスーツケースって信じられる？　しかも『僕はこれがあるから……ディナーはいいかな……』ですって！　信じられる？　ねえ！」

大地は慈円の肩を摑み、ガクガクと揺さぶる。

「あー……」

想像すると確かに大地が可哀想《かわいそう》である。なにが悲しくて、海上コテージでカップラーメンなのか。

「星が瞬く、きらめく夜空。さざめく波の音。南国の潮の匂《にお》いに混じるカップ麵《めん》の強烈なスープの香り……麵を啜《すす》る音だけがコテージの中に響くのよ……！　おまけにそれが一日だけじゃなく、三日とも！　三日ともよ！　三日で五食はカップ麵よ！　アタシはリゾートに来たのに！　ロマンティックなディナーの後でバーに寄り、カクテルを楽しんだ後で夜の海岸を散策し、雰囲気もマックスになったところでコテージでめくるめく南国の熱い夜を……って楽しみに、楽しみにしてたのにいいい！」

うわーん、と大地はその場に泣き崩れてしまった。

さすがの慈円もそれは大地に同情する。恋人同士、南の国のバカンスを楽しもうと思っていたのに、それはかなりショックだろう。

「あー……それで」

むしゃくしゃして、トロピカルフルーツいっぱいのタルトを作ったのだと大地は言った。

気持ちはわからないではない。

「ね、お茶、お茶淹《い》れるからタルト食べよう？　で、もう忘れよう？」

よしよし、と慈円が大地を慰める。

「忘れるわよ！　こうなったらもっといい男捕まえるわよおおおお」

泣きじゃくって嗄《か》れきった野太い声で、雄叫《おたけ》びを上げるかのように大地は叫んだのだった。

「あ、忘れてた」

一頻《ひとしき》り泣いた後、ふたりでホールのタルトを食べきった。

慈円も甘いものが大好きだから、このくらいは食べられる。それに大地の作るケーキは甘すぎず、本当に美味しいのだ。おまけに今日は甘さ控えめのカスタードクリームがフィリングのフルーツタルトだったから、特に苦もなく食べきってしまえたのだった。

「ん？　なに？」

紅茶ではなく、煎茶《せんちゃ》を飲みながら慈円は返事をする。

「来週、うちの二周年なのよ」

大地のカフェがオープンして二周年だという。秋にオープンしたということは覚えていたが、もう二年経ったのか、と慈円は思う。

「え、そうなんだ。そっか、もう二年になるの」

「そうよ。おかげさまでなんとか軌道に乗ったわ。これからも慢心せずにいいお店にしなくちゃね。――それで」

「それで？」

聞き返すと、大地はバッグの中からぺらっと一枚のチラシを取り出し、慈円に渡す。

「なにこれ」

チラシというか、それは案内状のようなものだった。

「パーッとパーティーやろうと思って。嫌なことを忘れるには楽しいことが一番でしょ。それにいつも来てくれるお客さんに、お礼もしたいしね。常連さんにお渡ししたのよ」

「ふうん」

「ふうん、じゃないわよ。あんたも来るの！」

「ええ!?　なんで!」

「なんでじゃないわ!　あんたにもアタシにも出会いが必要なのよ!」

「だから、俺はいいから——」

そこまで言うと大地に睨み据えられる。

「あんたね『俺はいいから』って言ったわね……俺はいいから、ってアタシが今一番憎んでいる言葉よ……」

それを聞いて、はっと慈円は両手で口を塞《ふさ》いだ。

そうだ、カップ麺男が「俺はいいから」と言ってカップ麺を食べていたと、ついさっき大地が言っていたではないか。地雷を踏んだ、と慈円は己の迂闊《うかつ》さを呪《のろ》う。

「いいわね！　来るのよ！　来週！　来週末、忘れるんじゃないわよ！」

迫力に気圧《けお》され、慈円はこくこくと頷くことしかできない。

とはいえ、慈円はそういう大勢の集まりは苦手である。普段はよそゆきの顔をして人と普通に話をすることはできるけれど、そのあとはかなり疲れ果ててしまうのだ。

コミュ障だなとは思うが、出会いなんかよりＤＶＤや資料集でも見ていたほうがいい。

特に誰かと恋愛したいとも思わないし、トキメキは特撮だけで十分だ。

けれど、大地の頼みだ。それも失恋したての。だから断るわけにはいかない。

（まあ、ケーキも持ってきてくれるし……大地には世話になってるし）

なんたって大好きな友達だ。

慈円はしぶしぶ「わかった」と返事をした。

次の週末――。

今日は大地の店のパーティーだ。慈円は憂鬱《ゆううつ》な気分で寺を出た。

長めの髪の毛のウイッグをつけ、大きな黒縁の眼鏡《めがね》をかけている。これはいつもプライベートで出かけるときの慈円のスタイルだった。

というのも普段のままだと、外を歩くだけで慈円は注目を浴びてしまう。

近所の商店街に買い物に行くのでさえ、「慈円さーん」と声をかけられるのはいつものことで、うっかり法衣を脱いで私服で出歩くなんてことはとてもできない。

なにせ普段、日中は法衣を着ているし、ほとんど外には出ない引きこもりの慈円だ。ろくな私服は持っておらず、この前大地に揶揄《からか》われたけれど、クローゼットの中は特撮ヒーローのTシャツやパーカやトレーナーでほぼ占められている。

秋葉原《あきはばら》やイベントへはこれで十分だけれど、その格好のまま家を出るのを大地に止められている。別に構わないじゃないかと思うのだが違うらしい。

あんたね、と大地に説教されたことがある。

「近所で評判の美坊主が、オタクショップの大きな袋をいくつも抱えて帰ってくるなんて論外よ！」

そうなの、と聞き返したところまくし立てるようにこう言われた。

「イメージダウンよ！　イメージが大事でしょうが、幼稚園なんて！　世のママさんたちの中にはわかってくれる人もいるかもしれないけれど、そんなのごくごく少数よ。特撮とアニメとマンガの違いがわからない人間なんて世の中てんこ盛り！　あんただって経験してきたでしょうが。オタクは全員ロリコン、変態って軽々しく決めつけてしまうかもしれないじゃない。どんなに説明したってロリコンは犯罪者って思い込んでいる人間はいるってあんたもよくわかっているはずよ。――ママさんたちの全部が全部理解ある人じゃないのよ。あんた仮にも幼稚園の先生なんだからそんなイメージ持たれるのは絶望的じゃないの。ご近所にどんな目があるかしれないんだから、気をつけなさい」

じゃあどうしたら、と慈円は困り果てた。

欲しいＤＶＤやフィギュアはすべてが通販に対応しているわけではない。予約商品でも購入店舗別に特典が違っていたり、やはり自分の目で確かめながら買い物したいものだってある。

なのに、出かけるのを止められるなんて、大げさだけれど生きている意味がなくなってしまう。

「バカね。なにも出かけるな、ってことじゃないのよ。周囲があんただってわからなければいいってこと。オタク丸出しの格好で出かけるなってことよ。どうしてもそのTシャツとかパーカとか着たかったら眼鏡かけるなり帽子かぶるなりして、あんただってわかんないようにしなさい」

と言って慈円に変装することを勧めたのだった。

それ以来、出かけるときには必ずこのウイッグと眼鏡をつけている。

慈円としても見た目をあれこれ言われるのは好きではない。

正直、見た目だけで寄ってきて、本当の自分を知られたとたん離れていくような人たちにはうんざりだ。いくら僧侶だって傷つくものは傷つくのだから。

だからそのためにもこれは必要なものなのだ。

今日はいつもの長髪のださウイッグに加えてキャップもかぶった。フレームの大きな眼鏡をかけているし、この姿なら誰も慈円だとは思わないだろう。

長髪のウイッグに眼鏡のいかにもなオタクが歩いていても近所の人は気にも留めない。おまけにここは寺だ。寺という場所柄、不特定多数の人間が訪れていることもあって、オタクが寺を訪れても不思議に思われないのもいい。

慈円は寺の境内をわざわざ通り抜け、それから大地の店へと向かっていった。

大地の店に入ると、既にパーティーがはじまっていて、賑《にぎ》やかな様子を見せている。立食の形式なので、客は皆、それぞれ好き勝手に歩き回っていた。

カフェがある駅の北口側は、新しいマンションがたくさん建ったため古くからの住民というのはほとんどいない。古くからの地元住民は南口側、新しい住民は北口側と二分されている。そのため大地のカフェに来る客はほとんどが新しい住民ばかりだ。

だから南口側にある慈円の寺を知っている人がたとえいたとしても慈円本人のことは知らないため、慈円がカフェに入ってきても誰も気にも留めていなかった。

「こっち！　こっちよ」

手招きされて大地のいるほうへ足を向ける。

「盛況だね」

慈円はあたりをぐるりと見回しながら大地に言う。

常連だけと言っていたから、それほど人数は来ないと思っていたが、店がいっぱいになるだけ人がいる。少なく見積もっても二十人以上はいると思われた。

「まあね。……っていうか、あんたなによ、その格好」

大地にじろじろと見られ、さらに呆れたように溜息をつかれる。

「なにって、いつも出かける格好だろ。おまえいつも変装しろって言うから」

ブツブツと文句を言うと、大地は「あのねえ！」と顔を顰《しか》めた。

「今日は変装しなくていいの！　そんなんじゃあんたのこと皆、敬遠するでしょうが。今日は！　あんたにも出会いのきっかけになればって呼んだのに、それじゃ意味ないでしょ」

大地にガミガミと叱られる。

「……別に俺、出会いとか必要ないし」

「だから、何回言わせんのよ。あんたはまだ二十五歳なのよ。色恋も知らないまま、あと五十年以上過ごすつもり？　二十代なんてあっという間よ。花の命は短いの。気がついたら引き返せなくなってるんだから。えり好みできるのなんて今のうちなのに、そんなに消極的でどうすんの」

「興味ないし……だったら、帰る」

くるりと慈円は大地に背を向けた。

愛だとか恋だとか、自分には無縁だと慈円は思っている。

童貞のまま干からびたって構わない。むしろ僧侶ならそれも本望じゃないのか。清らかな体のまま召されてしまっても、それはそれで一段上の修行じゃないだろうか。

性欲とは無縁で仏に仕えるなんて、僧侶としては願ったり叶《かな》ったりなのかもしれない。

「あー！　わかった！　わかったわよ！」

大地が本気で帰ろうとしている慈円の腕をひっしと摑む。

「わかったわよ……。もう、あんたってば……。今夜はうちの二周年なんだから、一緒に祝ってよ。腕によりをかけたんだから、ご飯くらい食べていきなさい」

「うん……」

「ほら、そっちのカウンター席空いてるし。好きなだけ好きなもん食べて。ケーキもあるわよ」

諦《あきら》めたように言われ、のろのろと慈円はカウンターの隅に行くとちんまりと座った。

大地の言うとおり、用意されていたどの料理もとても美味しかった。

ビュッフェ形式だったため、慈円は皿に料理を山盛りにし、たったひとりで、もそもそと食べていた。

顔を上げると、視線の先には楽しそうに歓談している人たちばかりである。

しかし、慈円はここでひとり。

ふい、と顔を料理の皿へ戻してまた一口、口に運んだ。

そもそもイケてない格好の慈円に話しかける者もそれほどいない。おまけに話しかけてくる者がいても、会話が続かないのだ。

賑やかな場所は苦手だから着替えて出直す気にもなれない。言われたとおり食事だけして帰るつもりだった。

「やっぱ、大地の料理は美味しいなあ」

はー、とパスタやサラダに舌鼓を打つ。

そろそろお腹いっぱいになったし、コーヒーでも飲んだら帰ろう、そう思ってドリンクの置いてあるコーナーへ視線をやった。

「？」

テーブルの間をちょこちょこと歩き回っている小さな物体がいる。

しげしげと目をこらしてよく見ると、子どもだ。

しかも――。

「！」

その子どもを見て、慈円はひどく驚いた。なぜならその子どもは――。

「真紘くん!?」

思わず大きな声を出しそうになって、慌てて口を噤《つぐ》む。

「ちょっと、待って待って待って。なんであの子がここに……？」

慈円はきょろきょろとあたりを見回し、大地の姿を見つけると、急いで駆け寄り捉《つか》まえる。

「だ、大地、大地……！」

慌てふためく慈円を怪訝《けげん》そうに見ながら、「なによ」と大地は返事をする。

「あっ、あのさ、あの子……！　あの子なんでいるの……？」

真紘を指さし、大地に聞く。

「ん？　あ、ああ。あの子ね。最近お引っ越ししてきたんだけど、親子でうちにご飯食べにくんのよ。なんでも父ひとり子ひとりって言うじゃない？　で、ホラ、うちは野菜が多めのメニューだし、それもあって気に入っているらしくてね。ほぼ毎日来るわよ？　それがどうかした？」

「……あの子だって、この間言ってた——」

大地がこの前慈円のところに来たときに話をしたのは真紘とその父親のことだと、そう言った。すると大地は「ああ！　そうなの」と目を丸くする。

「なるほどねえ。ああ、そう。なんかわかるわー。——そうそう、あの子いつもお父さんに『行儀が悪いですよ』とか『好き嫌いはいけません』って説教してたわ」

あはは、と大地も笑う。

「……常連さんだったのか」

真紘が常連となると、ということは……と思ってあたりをよく見ると、彼の父親——幸人もそこにいた。

いつものトレンチコートは店の中だから着ていない。すっきりとしたカットソーとぴったりした革のパンツ。あのむさくるしい無精ひげがなければ、と思うくらいの見事なプロポーションだ。

「あっ！」

幸人がくるりと振り返って背を向ける。その後ろ姿を見て慈円は思わず声を上げた。それも無理はない。だって視線の先にあるのはあの朝日アツシの尻そのものなのだ。

（え、え、え、どうして……？）

ぴったりとした革のパンツに包まれているその尻は、戦隊スーツに身を包んでいるその尻と間違いなく一緒のものだった。

見間違うわけがない。ずっとずっと憧れているスーツアクターだ。舐《な》めるようにＤＶＤを見て、尻のフォルム、そして尻から伸びる長い脚、その黄金比率にうっとりとしていた慈円は幸人が朝日アツシだとしか思えなかった。

「嘘《うそ》……」

慈円の頭の中はパニックになる。目の前に憧れの人がいることと、意外に身近にいたことと、しかし本人があのむさくるしい男と知って、わけがわからなくなった。

いつも彼が真紘の送り迎えに来るときには、よれよれのトレンチコートを羽織っているから尻が隠されている。だが革のパンツという、体のシルエットがぴったりと出る、ある意味撮影時のスーツにも似たコスチュームの彼の尻は確かに朝日アツシのもの。

慈円の視線は彼の尻に釘付《くぎづ》けである。

そのときだった。

「わあ！　それシャインレンジャーのシャインブルーですよね！」

足下から声が聞こえる。

視線を落とすと、いつの間にか真紘がいた。

どうやら真紘は慈円がパーカの下に着ているTシャツを見てそう言っているらしい。

「わわっ！」

いきなりの真紘の登場に慈円は驚く。あまりにびっくりしたせいで、体のバランスを崩し、椅子《いす》から転げ落ちそうになってしまった。

「あぶないっ」

声が聞こえたかと思うと、慈円の体が床にぶつかる前にぐっとなにかに抱き留められる。

空中で止まった体は徐々に引き起こされた。

え、と思い、振り返ると真紘の父――幸人がいる。

彼が自分を助けてくれたのだ。

「あ、ありがとうございます」

ぺこぺこと慈円は頭を下げる。

「悪い。こっちこそすまんな。うちの子が驚かせたから」

幸人も申し訳なかった、と頭を下げた。

（あ、はじめてまともに声を聞いた……！）

椅子から落ちそうになったのも驚いたし、それをすんでのところで助けてもらったのも驚いたが、慈円がなにより驚いたのは幸人の声をまともに聞いたことだ。

毎朝顔は合わせているが——いや、顔だって見ているかどうか怪しいものだが——ろくに声を聞いたことはない。いつもは声にならない声だったり、ぼそぼそと低い声だったりで、こんなふうにはっきりとものを言うのを聞いたことがなかったのだ。

はじめて聞いた彼の声は低めでよく響き、うっかり聞き惚《ほ》れてしまった。

（この声で読経してもらいたい……）

そう思うほど、とてもいい声である。そういえばいつもの朝に見るボサボサ頭はきれいにされているし、顔つきも違う。よく見ると、彼はやけに男前だった。

慈円は朝日アツシの声を聞いたことがなかった。そして長年ファンをしているけれど、彼の素顔を知らない。なぜなら朝日アツシは番組以外のメディアにはほとんど露出がないからだ。

ごく稀《まれ》に、雑誌にインタビュー記事が載ることもあるが顔出しはない。番組のキャスト関連のブログなどにもまったく出てきたことはなかった。たとえば時折、番組の打ち上げなどで集合写真が撮られているときもあるのだが、朝日アツシだけはそこにいない。キャストの追っかけをするようなファンでも、朝日アッシの素顔を見た者はいないと言われていた。

だから幸人の声をはじめて聞いて、「これが朝日アッシの声かも……」と内心で大興奮しているが、同じくらい「いや、待て待て。落ち着け」と自分で自分を窘《たしな》めてもいる。

とにかく慈円は現在、本人史上最高に狼狽《うろた》えているのだった。

「いいえ。ぼんやりしていた俺が悪いんです。本当にありがとうございました」

改めて礼を言う。

とはいえ、内心ではドッキドキだ。声が上擦りそうになるのをなんとか堪《こら》える。

「シャインレンジャーすきなんですか！」

そこに真紘が話しかけてきた。

ぱあっと顔を明るくし、目をキラキラさせている真紘に思わず慈円も、「大好き！　特にシャインブルーが」と答える。

「ホントですか！　シャインブルーすきなんですか！」

「うん！　好き！　一番好き。シャインブルーって誰よりも命の重みを知っているじゃない。治らない病気に自分が罹《かか》っていて、だからこそ、その大切な命のために自分が戦っている、その姿が本当に好きなんだ。病に負けない強い力があって、その強い力がやさしさになって……敵を倒すときだって、相手のことまで思いやれるシャインブルーがすごく。きみも好き？」

「はい！　だいすきです！　シャインレンジャーのなかでいちばんすきです！」

「だよね！」

シャインレンジャーについてリアルで語れる機会などまずめったにあることではなく、慈円は相手が五歳児だというのを忘れて熱く語りはじめる。

さらに真紘が慈円の気がついていなかった視点から指摘をするものだから、話は弾むどころではなく、エスカレートするばかりだ。

側《そば》にいる幸人に「立ち話もなんだから」と苦笑されて、彼らが座っていた席に慈円を招き、話を再開する始末。

「あの、ここだけのはなしなんですけど」

真顔で真紘がひそひそ話をしはじめる。

「なに？」

「じつは、せんたいヒーローって、きぐるみなんです。あれはなかのひとがえんぎしているんですよ。しっていましたか。シャインブルーも、朝日アツシがやっているんです」

ジッ、と慈円を見ながら重大なことのように言う。それがとても可愛くて微笑《ほほえ》ましい。

「朝日アッシさん、俺、すっごいファンだよ。めちゃ格好いいよね……！」

「ホント？　ホントにホント？」

「ホントホント。俺嘘つかないって、ほら」

　慈円は自分のバッグをごそごそと探る。

　そしてタオルハンカチやバンダナ、キーホルダーといったグッズを取り出した。

　それは朝日アッシがこれまで演じてきた様々なヒーローのグッズ。彼本人のグッズがあればもちろんすぐさま買うけれど、裏方の彼にはそういったものがない。公式のファンクラブがあるわけではないから、せめて彼が演じたヒーローのグッズを慈円は買いあさっていた。

「朝日さんは、キレのあるアクションだけじゃなくて、面をつけた状態で表情がわからないのに、演技に表情がしっかり表れているところがすごいんだよ。繊細な仕草も大胆なアクションもこなして、俺……ＢＧＭが流れる中シャインブルーがただ背を向けているシーンなのに……声なんかないのに絶叫しながら号泣しているのが見えたもの」

　ぐす、とそのシーンを思い浮かべながら鼻を啜る。何度思い返してみてもあのシーンは泣けてしまうのだ。

　そこではっ、と我に返る。

シャインレンジャーと朝日アッシを語れるうれしさで、熱く語ってしまったけれど、目の前にいる人は当の朝日アッシかもしれないのだ。

「す、すみません……っ！　なんかひとりでペラペラ喋っちゃって」

しまった、と思いつつ、もう取り返しはつかない。へへ……と恥ずかしいのを笑ってごまかした。

「幸人！　幸人よかったね！　幸人のえんぎほめられてますよ！」

真紘が幸人をぐいぐいと引っ張る。

「あ……あの、じゃあ、やっぱり……」

その様子を見て、慈円の心臓は高鳴る一方だ。

慈円が朝日アッシの演技について語り、そして真紘がその演技が幸人のものだと言っている。それは即《すなわ》ち——。

「あの、あの……あ、あ、あ、朝日……さん、で……すか」

わなわなと不思議な震えが体中に広がり、心臓はバクバクとものすごい音を立てていた。

今、自分の目の前に、ずっと憧れ続けた、大好きな大好きなスーツアクターがいる。

「あっ！」

その慈円の声を聞いて、真紘が慌てて両手で口を塞ぐ。

「あっ！」

やってしまった。と慈円も同じように慌てて両手で口を塞いだ。

ここは真紘の口から飛び出したことをスルーすべきだった。聞いていないふりくらいできただろう、と内心で自分を叱り飛ばす。

朝日アッシ——いや、幸人にとってはただのファンに……というかファンだからこそ素性を知られたくなかったかもしれない。

彼が露出を控えていることをすっかり忘れ去っていたなんて、これではファン失格だ。

「す、すみません！　すみません！　いっ、今の聞かなかったことにしますから……っ！」

慌てふためきながら慈円は幸人にペコペコと謝った。

「いいよ。気にしないで。——こいつがお喋りだっただけだ」

真紘を見て、クスクスと笑う。

「ごめんなさい……幸人」

真紘もしゅんとしながら謝る。

「もういいって。おまえもこのお兄さんが俺のことたくさん褒めてくれたからうれしかったんだろ」

「うん……。幸人いつもいっしょうけんめいえんぎしているから」

「わかったわかった。ま、このお兄さんがおまえと同じくらい俺のことを見てくれて、うれしかったよな」

「はい！」

心からうれしがっているような真紘の髪の毛を幸人はぐしゃぐしゃと掻き回す。

ふたりを見ながら、慈円はつられるように笑顔になった。

真紘は本当に幸人のことが大好きなのだ。

父親のことを大好きで大好きでたまらないという顔をしている。

幼稚園で幸人を見たときに、怪しいと思ってしまったことに申し訳なくなる。しかも怪しいと思っていたその人が自分が誰より憧れていた朝日アッシだったのだ。

（修行が足りなかった……。まだまだ人を見た目で判断していたなんて恥ずかしい……）

自己嫌悪に陥り、今度は慈円のほうがしゅんとしてしまう。

「どうかしたのか？」

様子のおかしい慈円に幸人が顔を覗《のぞ》き込む。

「いっ、いえ！　いえ！　なんでもありません！　それより――本当に朝日アッシさんだったなんて……お目にかかれて、こっ、光栄です」

緊張で上擦った慈円の声にくすりと幸人は笑う。

「ありがとう。そんなふうに喜んでもらえて、こっちこそうれしいよ。スーツアクターなんて裏方みたいなもんだから、ちゃんと演技を見てくれて礼を言うのは俺のほうだ。ま、俺がスーアクやってるってのは別に隠しているわけじゃないけど、大っぴらにすることでもないし、悪いけどここだけの話にしておいてくれるとありがたいんだが」

幸人は頭を下げる。

「もちろんです……！　絶対誰にも言いません！」

慈円は彼が朝日アツシであることは絶対口外しないと約束した。

「悪いな」

「そんな！　そもそも友達いないですし、話す人もいませんから」

必死になってそう言う慈円に幸人はプッと噴き出す。

「あんた面白いな」

「そ、そうですか……？　そうでもないと思いますが……」

面白いと人から言われたのははじめてだ。いつも面白みがないとか、顔だけとか、呆れられたりだとかで、人からだって、自分ですら面白いと思ったことはない。

「いや、面白いって」

幸人は気さくな笑顔を見せながらそう言った。

それからさらに話が弾む。

慈円としてはファンという立場を踏まえて、話をしていたつもりだったけれど、もしかしたら逸脱したことも聞いてしまったかもしれない。しかし、幸人は嫌な顔ひとつせずに相手をしてくれた。

真紘を育てながらだと、大変ではないのか、と聞くと「平日日中の撮影が多いからなんとかなっている」ということだった。どうりで彼が真紘を迎えに来るときにはクタクタのよれよれになっているはずだ。

そして真紘がしっかり者になっているのもそのせいなのだろう。

きっと仕事でクタクタになっている幸人を支えようと必死になっているうちに、自然としっかり者になっていったのかもしれない。

「あれ、寝ちゃってる」

慈円にやたらと懐いていた真紘がいつの間にか膝《ひざ》の上で寝ていた。それもしっかりと抱きつくように。

「ああ……もうこんな時間だ」

幸人がそう言って時計を見る。慈円も自分の時計を確認すると、既に真紘は寝てもおかしくない時間だった。

「すみません……！　おっ、俺が話し込んだせいで」

いつも自分のことを言うのは「私」なのだが、この格好ではその一人称は違和感がある。この格好のときだけは「俺」と慈円は言うことにしていた。

「そんなことないって。俺も楽しかったし、なにより真紘がこんなに誰かに甘えるのもなかったことだ」

そろそろ帰るか。そう幸人が言って席を立ち、慈円の膝の上で寝ている真紘を抱き上げようとした。

「待ってください」

慈円がそれを押しとどめる。

「ん？」

幸人が慈円をきょとんとした顔で見た。

「あの、真紘くん俺に抱きついてるみたいですし、これ、無理やり引き剝《は》がしたら起きちゃうと思うんです。よかったらこのまま一緒に送っていきますけれど――あ、でも、おうちを知られるとまずいですか」

申し出たはいいが、彼らは自分が幼稚園の副園長だとは気づいていない。自分が彼らの住所を知ることができる立場だとは思っていないはずだ。だとしたら、赤の他人に住まいを知られるのは嫌がられるかもしれない。

だが、幸人の返事は好意的なものだった。

「いや、別にいいよ。真紘がそんなに懐くのも珍しいからな。こいつが懐いてんだ。それにあんたはいいやつだし。構わないよ」

「ありがとうございます……。じゃあ」

よいしょ、と慈円は真紘を抱きかかえて立ち上がる。

「大丈夫か。あんた細っこいからな。辛いなら言ってくれ」

心配そうに言われるが、慈円はこれでも意外と力がある。なんといっても毎日幼稚園ではしゃぎ回る園児と格闘しているのだ。法衣を着て園児のひとりやふたり抱えて歩くこともままある。

「大丈夫です。俺、わりと力あるんで」

そうは言っても、起きている子どもを抱くのと、寝ている子どもを抱くのではやはり重さがかなり違う。しかし、自分から申し出た手前、ここはやり遂げなければ。

慈円は真紘を抱っこしたまま、店を出て幸人の家へと向かった。

幸人の家は、大地のカフェからそう遠くないところにある賃貸マンションだった。真紘を抱きかかえているため、部屋の中に通される。

2LDKの部屋は、まだ引っ越してきてからそれほど経っていないこともあってか、ところどころに開けていない段ボール箱が積まれていた。やはり幸人が忙しいことと父ひとり子ひとり、それも真紘が幼稚園児だとなかなか片づけることもできないのだろう。

しかしそれにしても雑然とした部屋だ。洋服は脱ぎっぱなしだし、取り込んだと思われる洗濯物も山積みになっている。新聞紙が床に散らばっていたりで、男の部屋、という感じがする。唯一整理されているのは、真紘のものらしいおもちゃ箱だ。そこだけはきっちりしていて、きっとこれは真紘自身が片づけたのだろうと、くすりと笑う。幼稚園でも真紘はきっちりとした子で、なにからなにまで折り目正しいのだ。

そんなことを思いながら、慈円は真紘を幸人が敷いた布団の上にそっと下ろす。

下ろすときに起きるかなと思ったが、すやすやと気持ちよさそうに寝息を立てて、真紘はぐっすりと眠っていた。

「おやすみ、真紘くん」

あどけない寝顔の真紘の頭をそっと撫でて慈円は立ち上がる。

「それじゃ、俺はこれで」

おいとまします、と慈円はキッチンにいる幸人へぺこりと頭を下げた。

「あ、ちょっと待てよ。せっかくだからコーヒーくらい飲んでいかないか」

キッチンから出てきた幸人が慈円に声をかける。

「え……でも、ご迷惑じゃ」

「迷惑じゃないって。真紘、重かっただろ？」

「いえ、そんなことは」

「まあ、いいから。今コーヒー淹れるから待ってな。そこの椅子座って」

幸人はそう言うと、再びキッチンへ引っ込んだ。仕方がなく、慈円は幸人に言われたとおり食卓の椅子に座る。

憧れのスーツアクターと話ができただけではなく、家まで図々《ずうずう》しくやってきて、その上コーヒーをご馳走《ちそう》になろうとしている。

今日はいったいなんの日だろう。幸せすぎて自分が怖い。

幸人と真紘が大地の店の常連だったこと、そして大地がパーティーを開こうと思い、そのパーティーに自分が誘われたこと。そんな偶然が巡り巡って今この幸せなひとときとなっている。

（これもご縁――仏様のおかげです）

幸人に見えないよう、そっと合掌する。

（明日からのお掃除はいつもよりもっと気合いを入れてピカピカにします）

これも常日頃から真面目《まじめ》にお勤めをしている御利益かもしれない。これまでもサボったり不真面目にしていたつもりはないが、明日からの修行も気持ちを新たに励まねばと、この不思議な巡り合わせに感謝した。

「どうぞ。つっても、インスタントで悪いな。――ミルクと砂糖は？」

可愛らしいひよこの絵がついた、卵色の大きなマグカップになみなみとコーヒーが淹れられている。

「ミルクをお願いします。お砂糖は結構です」

了解、とポーションのミルクも一緒にテーブルに置かれた。

「そのカップ、真紘のなんだ。まだ引っ越しの荷物もろくに片づけてなくて、客用のカップってのがどこにいったもんやら。――うち、この前引っ越してきたばかりで……そこに段ボールも置きっぱなしで見苦しいだろ」

「いえ、そんなこと。お引っ越し……されたばかりだったんですね」

知らないふりをして、話を合わせる。

「ああ。前に住んでたところは結構騒がしくてな。真紘が小学校に上がる前にいいところがあれば、って探していたんだが――いいところが見つかってよかったよ。真紘が通っている幼稚園のあたりは文教地区だって聞いたし、交通の便もいいから」

「そうですね。こちら側は昔大きな工場がいくつもあったので住宅街というわけではなかったんですよ。でも再開発できれいになったので、きっと住みやすいと思います。都心へもアクセスがいいのでこれからもっと人気のエリアになると思いますよ」

「そっか。それに南口の商店街は安いし、親切だし、いいところだよな。――コーヒー冷めちまうな」

飲んで、と勧められ、慈円は「いただきます」とカップを手に取った。

そうか、このカップは真紘のなのか。

卵色のカップを見て慈円の頬《ほお》が緩む。

(真紘くん、カップお借りしますね)

慈円はカップを押し頂いてから、口をつけた。

「こちらに越してこられたのが最近でしたら、まだ商店街のこともよくおわかりにならないでしょう?」

「あー、まあ、そうかな。一通りは見て回ったしそこそこ安い店もわかったけど、なんかあるのか？」

いえいえ、と慈円は目の前で手を振った。

「そうじゃないんですが、えと、お惣菜《そうざい》を売っているお肉屋さんがあるでしょう？　あそこは金曜日はコロッケ三十パーセントオフだったり、あと、八百屋さんは野球が好きで、特にファンの球団が勝った次の日はサービスデーになるのでちょっとチェックされるといいと思いますよ」

他にも、と慈円は商店街のお得情報を幸人に話す。

「へえ、あんた詳しいな」

感心したように相槌を打たれ、慈円は少し照れ臭くなる。

「いえ、生まれも育ちもここなので……それだけです」

「そっか。でも助かるよ。ありがとう。コロッケは真紘の大好物なんだ。いいことを聞いた」

「お肉屋さんのコロッケ、美味しいんですよ。大ぶりで、お肉もいっぱい入っていて。俺も大好きなんです」

「そりゃなおさら楽しみになってきた。早速次の金曜日に買いに行ってこよう」

自分が生まれ育った街だ。幸人や真紘にも好きになってもらいたい。そんな気持ちで話し込んでいたら、すっかり時間が経っていた。

「あ、もうこんな時間。すみません、ほんの少しのつもりだったんですけれど、長居してしまいました。今度こそおいとまします」

慈円は立ち上がり、ぺこりと頭を下げる。

「こっちこそ長々引き留めて悪かったな。今日は楽しかった。な、あんたあの店によく来るのか？」

「よく、というか……その、あの店のマスターが友達なので」

「なんだ、そうなのか。じゃ、また会えるかな」

本当は毎日お会いしていますよ、と言いたい気持ちをぐっと堪えて、慈円は「多分」とひと言だけ返す。

では、と玄関へ向かおうとしたとき、ぺたぺたと小さな足音が聞こえた。

振り向くと、真紘が起きだしてきたらしく目を擦《こす》りながら慈円のほうへ向かってきた。

「あ、真紘くん。起きたんだね。俺、もう帰るから」

じゃあね、と屈《かが》んで真紘の頭を撫でる。真紘はまだ眠いのか、とろんとした目をしていた。そうして、ふわんと笑うと、こう言ったのだ。

「じえんせんせい、きょうはありがとうございました」

それを聞いて、え、と慈円の体は思いっきり固まってしまった。

「え？　ま、ま、ま、真紘……くんっ⁉」

あたふたと慈円は狼狽える。当の真紘はぺこりと頭を下げていた。

じえんせんせい、って呼んだよね？　呼んだよね？　と頭の中でそればかりがぐるぐると回っている。

真紘はいつから気づいていたのか。

いや、そうじゃないかもしれない。自分が幼稚園の慈円だと気づいているわけではなく、単に寝ぼけて、自分と慈円を混同しているだけなのかも。夢の続きかなんかで、目の前にいる自分を幼稚園の慈円だと思っただけ……そんなことを考えながら、だがしかし、子どもの眼力は侮れないものがある。本当に気づいていたら――。

「どうしてきょうはメガネなんですか？」

追い打ちをかけるように真紘の爆弾発言が飛び出し、さすがの慈円も飛び上がるほど驚く。真紘はやっぱり気づいていたのだ。

「ええええええっ！　ちょ、ちょっと真紘くん、なんでわかったの……っ⁉」

あまりに動揺して、しらばっくれればいいものを、ついに自ら墓穴を掘るような発言をしてしまう。

それを聞いた幸人は目をぱちくりさせ、じろじろと慈円を見てくる始末だ。

「え？　あんた……？」

そう言いながら、慈円の前に立つと、すっと慈円の眼鏡を取ってしまった。

髪の毛こそダサいウイッグだが、すっかり素顔がさらけ出されてしまう。

「うわ――っ！」

慌てて顔を隠したものの、幸人は慈円の素顔を見て、茫然《ぼうぜん》としていた。

「あんた……幼稚園の……」

幸人も唖然《あぜん》としながらそれ以上声を出せないでいる。

「すっ！　すみません！　すみません！　だ、騙《だま》すとか、そんなつもりじゃ……！　ごめんなさい！　うわーっ！」

あまりに気が動転して、慈円は逃げるように幸人と真紘の家からものすごいスピードで立ち去る。

（うわー！　もう！　どうしよう、どうしよう）

あまりに恥ずかしくて、どうしようもなくいたたまれない。

あろうことか幼稚園の先生、そして寺の坊主がオタク。しかもライトなオタクではなく、シャインレンジャー全話のサブタイトルをそらで言うのは余裕というガチなオタク。おまけに幸人に向かって、「あなたの大ファンです」と熱く熱く語ってしまった。

偉そうに園児や保護者に説教なんかもしちゃう僧侶の自分が、煩悩まみれのオタクだと知られてしまい顔から火が出るほど恥ずかしい。

おまけに正体を黙っていて、結果的に嘘をついたことになってしまった。

子どもたちには嘘はいけませんよ、とか、正直に、とか日頃から言っているのに、意図的ではなかったにせよ自分は真紘たちを騙した。それがとても後ろめたい。

さっきまでは極楽にでもいた気分だったのに、一気に地獄に引き落とされた気分になる。

まさか、最後の最後で正体がバレるなんて。

どうしよう。

週明けから、まともに真紘とも幸人とも顔を合わせなければならない。素の自分を晒《さら》してしまったのに、取り繕って澄ました、別の顔を持つ自分で応対しなければならないのがひどく辛い。

いったいどんな顔をすればいいのだろう。

月曜日の朝のことを考えると、憂鬱でたまらなかった。

次の日――。

大地が朝っぱらから、慈円を訪ねてきた。

ゆうべ、幸人のところから帰ってきてからまったく寝つけず、ようやく寝入ったのは明け方でそこを大地に叩《たた》き起こされたのだった。

「あの後どうしたのよ。気がついたらあんたもあの親子もいないし」

新作のケーキの味見ということを口実に訪ねてきたのだが、どうやら本題はそっちのほうだったようだ。

「あの後……」

どんよりと虚《うつ》ろな目をして布団にしがみついている慈円に大地は怪訝な顔をする。

「ちょ、ちょっと、なにがあったのよ。そんな顔して。あの男に嫌なことでもされた？」

ぐい、と身を乗り出して心配そうな顔をする大地に「違う」とだけ言い、慈円は布団をかぶった。

「違うならなんだってのよ！　ちょっと話しなさい！　アタシの店の客のことなんだからね。あんたにはアタシに話す義務があるわよ！」

布団を引っぺがされて、無理やり起こされる。

「……無理」

「なにが無理よ！　ほら！　白状しなさい！　白状しないとここのフィギュア全部ぶっ壊すわよ！　いいの？」

「うわーッ！　それだけはやめてええええええっ！」

慈円は真っ青になりながら、慌てて飛び起きた。

大地はやると言ったらやる。必死で収集しまくった自分のコレクションに傷ひとつつけるわけにはいかない。慈円はしぶしぶ昨夜の出来事をぼそぼそと口にし出した。

「あんたね……」

大地のこめかみがピクピクと動いている。

ゆうべの顚末《てんまつ》を聞き終えた大地は非常に顔を強《こわ》ばらせていた。

叱られる。絶対叱られる。

慈円にだってわかっている。あの態度はなかった。それに、今だって泣きたいくらい反省している。

だって幸人は大好きなスーツアクターなのだ。憧れまくっていたその人の前で嘘をついてしまったなんて、僧侶としても幼稚園の副園長としても、そしてファンとしても失格。

「……あんた、なにやってんのよ」

静かな抑えた大地の声が、この上なく怖い。

これは本気で怒っている、と慈円は彼の気性がよくわかっているだけに怒りゲージの高さを理解してしまう。

「……うん」

「うん、じゃないわよ！　いくら動揺してたからって失礼でしょ！」

じろりと睨まれ、慈円は身の置きどころがなくなった。しゅん、としょげ返って小さくなる。

「……わかってる」

「わかってんなら、次にすることもわかってるわよね？」

ね、と強められ、「うん……」と頷く。

「じゃ、さっさと着替える！　ほら！　なにやってんのよ！」

慈円の着ていたパジャマ代わりのトレーナーを無理やり脱がされ、着替えさせられる。

「あー、もう、ホントあんたってろくな服持ってないわよね！　今度一緒に買い物行くわよ！　いいわね！」

大地はクローゼットを勝手に開けると、その中からいくらかましな服を出して、「着なさい！」と命令した。

のろのろとしていると大地がものすごい目で睨みつけるので、仕方なしに言われたとおりにする。幼稚園児よりたちが悪い、と我ながら思いつつ慈円はなんとか着替えを終えた。

「これ持っていらっしゃい。いい？　ちゃんと謝るのよ」

大地は慈円に持ってきた新作ケーキが入った箱をそのまま手渡し、早く謝ってこい、と急《せ》かす。

「ねえ……まだ早いんじゃない？」

お昼前だよ、とちらっと大地を見るが、「善は急げっていうでしょ！」といらいらしたように睨みつけてくる。さっさと行かないと叩き出されかねない雰囲気だ。

「……わかった。……行ってきます」

はあ、と大きな溜息をついて慈円は大地のケーキを手にし、家を出た。

今日はウイッグも眼鏡もない。かといって、法衣というわけでもないから、なんだか心もとない。ほんの少し猫背気味になって顔を俯けながら、とぼとぼとゆうべ訪れた幸人の住むマンションへと向かった。

マンションに着いても、慈円は建物の前でうろうろと歩き回っていた。

なにしろ訪ねる勇気がまだ出ない。会ってくれなかったらどうしよう、とか、インターホンをガチャ切りされたらどうしよう、とかそんなことを考えてしまい、玄関まで辿《たど》り着けないのだ。

法衣を着ていない自分なんか、本当に使い物にならないな、とますます自分を卑下して落ち込んでしまう。だが、ここで回れ右して帰ってしまったら、もっと人としてどうなのか、と一応僧侶である自分が脳内で囁《ささや》きかけてくる。

ぐるぐるとマンションの周りを三周ほどしたところで、慈円はようやく決意する。

そうして、ごくりと唾《つば》を呑《の》みインターホンの前に立つ。心臓が飛び出しそうになりながら震える指で部屋番号を押し、相手が出るのをじっと待った。

『はい』

スピーカーから声が流れる。

「あっ、あのっ」

しまった、声が裏返った、と思ったが勇気を出して「き、昨日はすみませんでした」とインターホンの前でぺこぺこと頭を下げる。

「おっ、お詫《わ》びに伺いました」

やっとの思いでそれを声に出すと、スピーカーからくすくすと笑い声が漏れてくる。

同時にエントランスの自動ドアが開いて、その瞬間思わず泣きそうになってしまった。

「入って」

玄関ドアのチャイムを鳴らす前にドアが開いて、幸人が笑って出迎えてくれていた。

「ゆ、ゆうべは本当にすみませんでした……。ものすごく失礼なことをしてしまって……それに嘘、というか騙すようなことになってしまって、申し訳ありません」

慈円は深々と頭を下げ、大地が持たせてくれたケーキの箱を「お詫びの印です」と差し出した。

「そんなに恐縮しなくてもいいって。全然気にしてないから」

「いえ……でも……。俺……いえ、私が幼稚園の人間ということは一番はじめに申しておかなければならなかったと」

「もういいって。堅苦しいのやめとこう。ま、玄関先じゃなんだから、入ってよ」

幸人はそんなふうにあっけらかんと言う。

「でも……」

「なに、遠慮してんだ。真紘はまだ寝てんだけど、そろそろ起こさなくちゃと思ってたとこなんだよ。あんたがいたらあいつも喜ぶ」

さあ入って、と何度も言われて、断るのが忍びなくなってしまった。

おそるおそる、慈円は再び幸人の家に上がり込む。

「そこ座って。コーヒーはミルク、だよな」

昨日と同じダイニングの椅子を勧められて、おずおずと慈円は腰かける。

「あんたも一緒にケーキ食っていきな。お持たせで悪いけど」

「えっ、いえ、それは」

さすがに謝罪のために持ってきたケーキを一緒に食べるというのはどうかと思っていると、幸人は「こんなにたくさんあったら、いくら俺たちでも食べきれないって」と言う。

大地はいつもケーキをホールで持ってきてくれるので、今日もそうだったのだろう。

「そ、そうですか。では、ご相伴に与《あずか》ります……」

ぼそぼそと答えると、キッチンでくくっ、と幸人の押し殺したような笑い声が聞こえた。

昨夜のように、コーヒーにミルクが添えられてテーブルに置かれる。

今日は昨日の真紘のカップではなく、別の——今度はシャインレンジャーのマグカップだった。このマグカップはシャインレンジャーの打ち上げのときにスタッフに配られたというもので、番組ブログに写真が掲載されていたことがある。まさかこんな一般人の自分には縁遠いものを直《じか》にこの目で見ることができるとは思わなかった。

「こ、こ、これ……っ！　このマグカップ、番組打ち上げのときにスタッフさんたちに配られたっていう記念のカップですよね！　い、い、いいんですか……っ！　こんな貴重なものを俺が使ってしまって……！」

つい今し方までの、しょげた殊勝な態度はどこへやら。

一人称もさっきまでは「私」と頑張って言い直していたのに、素に戻って「俺」になったことにもまるで気づかず、すっかりオタクスイッチが入った慈円は興奮気味に幸人に訴える。

こんな貴重なカップに手を触れることすらもったいない、そんな気分だった。

「別に貴重でもなんでもないって。ただの記念品だから。昨日あんたが帰った後でさ、やっぱり誰か来たときのためにあったほうがいいだろうと思って引っ越し荷物を解いたら出てきたんだよ。あんたシャインレンジャー好きだって言ってたし。そしたら早速来てくれたんでね。出した甲斐《かい》があったってもんだ」

幸人に笑顔でそう言われて、慈円はまじまじと彼を見る。

「あ……ありがとうございます」

昨日は失礼極まりないことをしたというのに、こうして嫌な顔ひとつせず自分を許してくれている。ホッとしたのと、それから貴重なカップを使わせてもらえていることとで、うれしくて思わず目頭がじわりと熱くなった。

「おいおい、そんなに感激することか」

今にも泣きそうになっている慈円の顔を見て、おかしそうに幸人が言う。

「感激しますよ。ものすごく今感激しています」

これ以上みっともないところを見せるわけにはいかず、目を見開いてなんとか涙が出ないように頑張る。呼吸を整えて、出してもらったコーヒーを一口飲んだ。

「ところで、昨日のあの眼鏡とカツラ、今日はしていないんだな」

聞かれて慈円は小さな声で「はい」と返事をした。

「あれは……変装用で。今日は大地……えと、カフェのオーナーですけれど、大地がそこそこ着られる服を選んでくれたのと、行き先がここだったので特に変装しなくてもと」

「変装？」

幸人は怪訝な顔をして聞き返す。

「はい……」

慈円は変装していた事情を幸人に打ち明けた。

単なるオタクなのに、この無駄に整った顔のせいでよけいな苦労を背負っていること。

またやはり幼稚園の副園長という肩書きを持つ以上、オタクだと大っぴらに知られないほうがいいだろうという大地のアドバイスで、あの変装をすることにしたということ。

「だいぶ寛容になってきたとはいえ、保護者の皆さんにとっては我が子を預けるところについてはピリピリ神経を尖《とが》らせていますから」

「なるほどなあ」

「子どもが特撮を観ることについても、嫌な顔する保護者は少なからずいますし。特撮を特別好きではないけれど、子どもの好きなものだからと一緒に楽しむ方々も多くいます。でも、そうじゃない人もたくさんいます。極端な例だと、ヒーローの絵柄のついたものを持っている子とは遊んじゃダメよ、って言っているお母さんもいました。そういう子は暴力的に育つから、って決めつけているんですよね」

そうじゃないんだけど、と慈円は自分で言いながら悲しくなる。

「あっ、すみません！　また俺……。古城さんがいる前でこんなこと言って」

またやらかした、と慈円は己の迂闊さにほとほと呆れ果てる。

「いや、わかってるって。番組にもそういうクレームは結構来るみたいだし」

「そうなんですか」

「ああ。やっぱり、一部の人たちには受け入れてもらえないんだろうなってのは実感してる」

けど、と幸人はじっと慈円を見つめた。

「あんたも大変だな。ただ特撮が好きなだけってのに」

そんなふうに幸人が同情の言葉をかけてくれた。

「古城さん……」

「わかるよ。この仕事やっていたら嫌でもそういう話は見聞きする。けど、子どもたちや、あんたみたいに俺らの仕事をわかってくれて応援してくれる人たちがいるから、俺たちも頑張っていられるんだぜ」

オタクの肩身の狭さは彼もよく知っているらしく、慈円にやさしく言ってくれる。実際に作品を作っている人がこんなふうに言ってくれるのが、なにより慈円はうれしかった。

「俺はただ特撮が好きなだけなのに、どうして隠さなくちゃいけないんでしょうね」

つい、ぽろっと本音がこぼれる。

なぜ好きなものを大っぴらに好きだと言えないんだろう。それを考えても無駄だとわかっているけれど、やはり寂しくもなる。

「坊主でもそんなふうに思うのか」

けっして茶化すでもなく、真剣な口調で幸人が呟《つぶや》いた。

「坊主だってただの人間です。みんな同じただの人間ですよ」

「そうだな。坊さんだってなんだって人間だよな」

「ええ。古城さんは本物のシャインブルーかもしれませんけど、俺はただの人間です」

「あはは。俺だってただの人間だ」

「ですよね」

　あはは、とふたりで笑い合う。

「でもさ、それはあんたが子どもたちに教えてやればいいんじゃねえのかな。特撮だけじゃない、いろんなたくさんのものを好きだと思っている気持ちを、軽々しく踏みにじっちゃいけないってことを。誰かが好きなものを別の誰かは嫌いかもしれない。けど嫌いだからといって、誰かのその好きな気持ちを貶《けな》していいってことにはならないってことを。それをあんたが子どもたちに伝え続けていたら、そこからきっといろんなことが変わってくるんじゃないのか」

　幸人は慈円のことを笑うことなく、バカにすることもなく、真摯《しんし》に向き合ってくれている。まだ会って間もないし、ましてやゆうべはじめてまともに話したのに。

「すみません、俺、坊さんなのに愚痴っぽいことを話して」

　僧侶としてまだまだ未熟すぎる。本来自分が相談を受ける立場なのに、自分が幸人に諭されていて、これで僧侶なんて名乗るのもおこがましい。

「なに言ってんだ。あんた今言っただろう？　ただの人間だって。坊さんだって悩むことくらいあんだろうが。今日はちょっとかっこいいこと言ってるけど、俺なんか毎日悩んでばかりだけどな」

笑い飛ばす幸人に慈円の心は軽くなる。

「そうなんですか。なにを悩まれているんですか？　俺でよかったら聞きますよ」

「ん？　まあ、そうだな。なんで朝起きれねえのかなとかさ」

それを聞いて、慈円はいつもの朝を思い出す。

ぼーっと幽霊のように真紘の後ろに突っ立っている姿と、今こうして話をしている幸人とは別人だ。

「そういえば真紘くんが古城さんは低血圧だって、前に言っていましたよね。朝、弱いんですか？」

「ああ。そうなんだよ、目覚ましかけて起きてから、二時間は使い物になんなくてな」

「でも、今は大丈夫なんですか？」

朝、ではないが、まだ午前中だ。といっても、そろそろ十一時になろうとしているから、この時間なら平気なのだろうか。

「そうだな。まあ七時に起きて、九時過ぎりゃあなんとか体も動くんだが」

「なるほど。だから朝幼稚園に真紘くんを送ってくるとき、ぼんやりされているのはそういうことなんですね」

「あー……そう。そうなんだよ。幼稚園に送っていくのは八時前だろ。あの時間じゃ、まだまだぼーっとしちまってて、ほとんどなんにも覚えてねえんだよな。真紘を送っていって、その足で駅に向かって、電車乗って……ってほぼ無意識だ」

「ええ？　あぶないじゃないですか。大丈夫なんですか？」

慈円は心配になる。ただでさえ、乗降客の多い駅だ。混雑した駅のホームでなにかあったらと気が気でなくなる。

すると幸人は鼻の頭を指で掻きながら、「まあ、そこはなんとか」と笑ってごまかした。

彼は運動神経はいいだろうけれど、いつものあの様子では不安になる。果たして大丈夫なのだろうか。

「それじゃあ、お弁当とか朝ご飯とか大変ですね」

基本的に慈円の幼稚園のお昼はお弁当持参だ。いったい毎朝どうしているのだろう。

「それはなんとか。一週間分の弁当用の惣菜を買って小分けして冷凍してある。で、毎朝真紘が自分で弁当箱にご飯よそって、好きなおかず詰めていくから」

もしかしてなんとかしているのは幸人ではなく、真紘なのか。慈円はあっけにとられ、目をぱちくりとさせた。

しっかりしているとは思っていたが、どれだけしっかりしているのか、あの子は。

感心を通り越して、感嘆の域に達してしまう。

「すごい……真紘くん……」

「だろ。あいつがしっかりしているおかげで、俺もこうやっていられるんだよ。だから真紘には頭が上がらないっていうか」

「ですよね……」

「でも、やっぱりいくらしっかりしているっていっても子どもなんでね。このままじゃいけないとは俺も思ってんだけど、朝だけは……」

苦笑を浮かべる幸人に、慈円はクスクスと笑う。

「相当ひどそうですもんね。朝」

あの様子から一気に改善というのは結構な難題だろう。

「寝穢《いぎたな》いってよく言われるから、体質改善っていわれることは一通りやったんだけどな。でもどうしてもダメなんだよ」

「あんなにキレのある演技をされているし、早朝の撮影もあるでしょうから、スーアクの方々は朝は強いものとばかり思っていました――あ、そういえば真紘くん。この時間でもまだ寝てるって……」

そのしっかりしている真紘が起きてこないというのは、具合でも悪いのだろうか。さっきは幸人がすぐに起きてくるというようなことを言っていた気がするが。

「いや、実はさ――」

昨夜、慈円が帰った後、真紘は珍しく寝つかなかったらしい。普段ならきちんと早寝早起きの真紘なのだが、ゆうべは慈円がいて興奮したのか、結局眠ったのが明け方だったという。

「そういうことだったんですね。それは申し訳ないことを」

重ね重ね申し訳ありません、と慈円は頭を下げた。

「いや、あんたのせいじゃない。店で寝てしまったせいで、中途半端な睡眠を取ったのが悪かったんだ。普段あまり夜にあいつを連れて歩くことなんかないから」

「そうでしたか」

「でも、昨日はあいつものすごく楽しかったみたいで、あんたが帰ってから、真紘のやつマシンガンみたいにペラペラとお喋りが止まらなくてな」

あはは、と幸人が笑う。

「いつもは楽しいところにもなかなか連れていってやれないから、かえってよかったというか。礼を言うのはこっちのほうだ。ありがとう」

今度は幸人に頭を下げられて、慈円は狼狽える。

お詫びにやってきたのに、礼を言われるとは思わなかった。

「そ、そんな……！　私のほうが、その……ずっとファンだった方にお目にかかれて、舞い上がっていましたし……まさかこんなふうにお話までできると思わなくて……」

そう言った途端、目の前の男が真紘の父親ではなく、あの朝日アツシだと意識してしまい言葉がしどろもどろになる。今度は一気にコミュ障モードに切り替わってしまった。

「おいおい、どうした」

いきなりもじもじし出した慈円に幸人が驚いたようだ。慌てて声をかける。

「あっ、いえ、その……緊張しちゃって」

「緊張⁉」

はあ？　と目をぱちくりさせながら幸人が聞き返してきた。

「その……私……僧侶ですが、本当はすごく人づき合いが苦手で……。法衣着ているときにはなんとかまともに喋れますけれど、普段は空気読めないし、話題もないし。ホント呆れるくらいコミュ障で。友達も大地しかいないくらいなんです」

顔を強ばらせながらぼそぼそと言うと、幸人はにっ、と笑った。

「んなことねえよ。あんたちゃんと喋れてんじゃん。空気読めないってこともないだろ。じゃなかったら、わざわざこうやってまた訪ねてくることないだろうが。空気読めないってのはもっと違うから」

「……そうでしょうか」

「法衣を着ているときのあんたも今のあんたも、同じあんただろうが。今のあんたはもっと自信持っていいと思うぞ、俺は」

「そう言ってもらえるとうれしいです」

ほっとして、慈円は表情を緩める。

幸人は思っていたよりもずっと懐が深く、やさしい男だった。もしかしたら自分よりも僧侶に向いているような気がする。そのくらい彼と話をしているととても心地よかった。

ただ、身の回りのことについては真紘がいないとダメらしいけれど。

肩の力を抜いて人と話ができるのが、大地以外でははじめてで、本当に楽しいと思える。

「ホントにな、幼稚園で毎朝穏やかに笑顔を見せている、美人の副園長先生がこんなに可愛いなんて思わなかったし」

「美人はよけいです」

うんざりしながら言うと、幸人はおかしそうに笑った。

「っていうか、もったいないだろう。あんたくらいのルックスがあったら俳優でもタレントでもできそうなのに。友達はいないって言ってたけど、恋人もいないわけ?」

「……いませんよ。言ったでしょう? 中身を知った途端にみんな離れていくんです。お決まりの言葉は『こんなはずじゃなかった』ですよ。そろそろ親も俺は結婚できないだろう、って諦めていますし」

「まさか。見合いとか、なんだっけ、いまどきは坊主の婚活ってのもあんだろ?」

「興味ありません。別にいいんです。寺も私の代の後は誰かに来てもらえばいいことですし、結婚自体も興味ないっていうか。つき合ってても私がこうだから、手も握ったこともないんですよ。大学に入ってはじめてできた彼女に言われたセリフで一番こたえたのは『あんたおかしいんじゃない?』でしたよね……」

はあ、と深く溜息をつく。

彼女にしてみたら、つき合って三ヶ月、キスもないなんて信じられなかっただろう。ファーストキスは小学生のとき、というのも珍しくないご時世に、大学生にもなってキスのひとつもないというのは女性のプライドを傷つけていたかもしれないと今では思う。

「あんた、自分のことを『俺』って言うときと、『私』って言うときあるよな。どっちが素？　いや可愛いからいいけど」

「かっ、可愛いって……！」

憧れの人に可愛いと言われて、慈円はあたふたとする。しかし幸人はまるで構わず話を続けていた。

「っていうか、手も握ったことないって、嘘だろ？」

きょとんとした顔で見つめられ慈円は、「ホントです」と消え入りそうな声で答えた。

「またまた」

「ホントですって！」

ムキになってやり返す。

だって、キスなんてどうやってすればいいのか、誰も教えてくれない。唇を合わせるだけだと思っていたけれど、どうやらそうじゃないらしい。口の中に舌を入れたり、互いの舌同士を搦《から》めたりすることもあるらしい、と知ってわけがわからないのだ。しかも男性は女性をリードしなくてはいけない、となると、慈円にはハードルが高すぎて、迂闊に手を握ることすらできなくなった。

するとそのときだった。

不意に自分の目の前に幸人の顔がアップで現れる。

あ、と思ったときには唇がなにか、やわらかいもので覆われた。

それは一瞬の出来事だった。

「あんた可愛いな」

唇を離した幸人にそう言われたときにはなにがなんだかわからず、慈円は目を丸くする。

いったいなにが起こったというのだろう。

なぜ、彼が、自分の唇に？

慈円の頭は今起こったことをまったく理解できず、脳内の回路はショート寸前でその場で固まってしまう。パソコンでいうところのフリーズというやつだ。

キスすら経験のない慈円は、突然のキスに気が動転してしまっている。

やわらかくて、温かくて——なんだか不思議な感触だった。

そしてそれがキスだと理解できたのはややしばらく経ってからのこと。

「なんだ、そんな顔して」

表情なく固まってしまった慈円に幸人が笑う。だが、彼はすぐに目を見開き、慌てたように大きな声を出した。

「えっ!?　ど、どうした」

それもそのはずで、慈円の目からはぼろぼろと涙がこぼれ落ちていたのだ。

多分、あまりに混乱しすぎて、感情の堰《せき》が決壊してしまったらしい。自分の意思とはまったく関係なく、涙が次から次にこぼれて止まらなくなってしまった。

「だって……これ、キス……ですよね。キス……俺……」

はじめてだったんです。

涙と一緒にこぼれ落ちた言葉を聞いて、今度は幸人が固まってしまった。

涙を止めなくちゃ、じゃないと、彼が困ってしまう。そう思うのに、どうしてか涙が止まらず、それどころか泣き声まで出てしまう。しゃくり上げながら泣く慈円におろおろした幸人が「ごめん」と言い続けた。

「ごめんな。本当にごめん。まさか本当にキスもはじめてだとは思ってなくて。――って、言い訳だよな。すまなかった！　あー！　もう！　悪い！」

申し訳なかった、と幸人は平謝りに謝る。

正直なところ、慈円は幸人のキスは嫌ではなかった。ただ驚いただけだ。

普段、ここまで驚くことはそうそうない。意外な出来事に感情が追いつかなかっただけに過ぎない。

「すみません、大丈夫です。……びっくりしただけ」

ようやく泣くのを止められて、しゃくり声が残るまま、そう彼に告げた。

「いや、俺が悪かった。その……言い訳かもしれないけど、なんていうか……あんたあんまり可愛いから、つい、いたずら心というか……」

「そんな……私のほうこそ、このくらいでみっともなく泣いてしまって……恥ずかしいです。なんか……呆れましたよね？」

幸人に差し出されたタオルで涙を拭《ぬぐ》いながら、慈円は小さくなる。

まったくこれで二十五歳とは自分でも思えない。いくらなんでも動揺しすぎだろう。たかがキスひとつ。しかもただ一瞬触れただけの。

「幸人！」

そこに可愛い声の怒号が聞こえた。真紘の声だ。

どうやら今のやりとりで寝ていた彼を起こしてしまったらしい。真紘は幸人の側にタタタと走り寄る。

「幸人！　じえんせんせいをいじめたでしょ！」

そう叱りつけ、両腕を組んで幸人の前に仁王立ちになり、コンコンと説教をしはじめた。

五歳児に叱られて項垂れる父親、という図を慈円は唖然としながら見つめていることしかできない。

しかも真紘の言うことはいちいち納得させられることばかりで、さしもの幸人もかたなしといったところか。

「あ、謝ったから。ちゃんと先生には謝ったって」

なあ、先生、と幸人は助けを求めるように慈円を見る。

しかし真紘はそれを信じてはいないようで、「うそついてもダメですからね」とじろりと幸人を睨む。

そうして真紘は慈円へと顔を振り向けて聞いた。

「ほんとうですか？　じえんせんせい。幸人はうそついていませんか？」

聞かれて、慈円は頷いた。

「ちゃんと謝ってもらいました」

そう答えると、ようやく真紘は納得してくれたようだった。

「いいですか、幸人。ひとをなかせちゃいけませんよ！　こんかいはじえんせんせいがゆるしてくれましたけれど、こんどじえんせんせいをいじめたら、こみやさんにいいつけますからね！」

こみやさん、という人がきっと幸人にとっては頭が上がらない人に違いない。しかし、頭が上がらないのはその《こみやさん》だけではなく、真紘も同じだろう。

真紘にはてんで弱い幸人がちょっと可愛く見えた。

「じえんせんせい、こんど幸人がへんなこといったり、やったりしたら、ぜったいぼくにおしえてください」

きっぱりとした口調で真紘が言う。

これではどっちが親なのかわからないな、と微笑ましく思いながら慈円は「はい」と短く答えた。

そのとき幸人のスマホの着信音が鳴った。

「あ、ごめん。ちょっと――」

そう言いながら、幸人が電話に出る。

「朝日です」

朝日、と名乗ったところを見ると、仕事の電話なのだろう。

しかし、幸人はあまりいい顔をしていない。途中「いや、小宮《こみや》さん、それちょっと待って」というような言葉がところどころ聞こえ、さっき真紘が言っていた《こみやさん》と同じ人物なのかもしれないないなと思った。

「泊まりがけ、ってそれ、無理だって。真紘は明日幼稚園だし、連れていけないから」

どうやら急な仕事で泊まりがけになるらしい。

明日の幼稚園は園児みんなが楽しみにしている、おやつの日だ。

なかよし幼稚園では月に二度、おやつの日がある。近くのパティスリーと和菓子屋さんが、好意でお菓子を差し入れてくれるのだ。明日はパティスリーのクッキーの予定になっている。真紘は転園してきたばかりで、はじめてのおやつの日。友達になった園児たちに教えられて楽しみにしていたはずだ。

幸人は耳からスマホを一度外すと、慈円のほうへ向き直った。

「悪いんだが、明日園を休ませてもらえるだろうか」

それを聞いた真紘は一瞬沈んだ顔をする。慈円はその顔を見逃さなかった。

「泊まりがけのお仕事なんですか？」

「ああ。遠くのロケで、夜間と早朝撮影なんで泊まりがけになる。急に、ってことはめったにないんだが、ひとり怪我しちまったやつがいて撮りが変更になっちまった」

体を張った仕事だ。いくら気をつけていても怪我が多いのだろう。

「わかりました」

慈円は答えた。ちら、と真紘を見ると、俯いている。

それじゃあ、と幸人がスマホを再び耳に当てようとしたところで慈円はそれを遮るように言った。

「では――真紘くんは、うちで預かります」

慈円の言葉に幸人は、え、と聞き返す。真紘も顔を上げてぽかんとしていた。

「明日は園では月二回のおやつの日なんです。園の子どもたちはいつも楽しみにしているんですよ。真紘くんははじめてですし、それに……多分お友達からその話を聞いて待ち遠しかったんじゃないかなって」

それを聞いて、幸人は真紘のほうを見た。

「そうなのか？」

真紘ははじめ、ためらっていたようだったが、こっくりと頷いた。

「そうか……でも、迷惑かけるわけには」

「迷惑じゃありませんよ。うちは寺ですし、イレギュラーなお客様にも慣れたものです。きっとうちの両親も喜びます」

にっこりと慈円は笑う。

「いや、そんな悪いって」

それでもなお固辞する幸人に、慈円は少し顔を赤らめてこう言った。

「あの、昨日と、それから……さっきのお詫びというか。真紘くんはいつも園に一番乗りですし、うちに泊まったとしても……他の園児や親御さんにはわからないと思いますので。ですから遠慮なさらずに」

幸人は慈円と真紘の顔を何度か見て、大きく息をつく。だが背に腹はかえられないと思ったのだろう。

「すまない。それじゃ、甘えることにする」

せっかく真紘が楽しみにしていた、おやつの日を奪うようなことをしたくはなかったらしい。

「ええ、どうぞ安心してお仕事に行ってってください」

真紘を見ると、うれしそうな顔をしている。その顔を見て、幸人は目を細めていた。


真紘と一緒にお泊まりの荷物を持って、慈円は自宅に戻る。

「ただいま」

慈円が玄関の引き戸を開けると、奥から「おかえりー」と間延びした大地の声が聞こえた。どうやらあれからそのままいたらしい。

居間に行くと、大地が両親とのんびりお茶を啜っていた。

「なんだ、まだいたんだ」

「あら、まだ、はご挨拶ねえ。――って、やだちょっと、どうしたの？」

大地は慈円の後ろにいた真紘を指さした。

「うん、真紘くんのお父さんが急に仕事で出かけることになってしまって。明日まで預かることにしたんだ」

「ふうん。そういうこと」

にやにやと大地が笑っている。なにが「そういうこと」なのか。

「あ、母さん、古城真紘くん。うちの園の子だよ。たんぽぽ組さん」

紹介すると真紘は慈円の両親に向かってきっちりとお辞儀《じぎ》をした。

「古城真紘です。きょうはおせわになります」

大人顔負けの挨拶で、母親は驚いていた。確かに一番はじめは慈円も驚いたものだ。

「あら、しっかりしてるのねえ。あんたよりもずっと頼もしいんじゃない？」

「でっしょお？　真紘くん、慈円よりもずっとこの寺の跡継ぎにふさわしいかもよ、おばちゃん」

「そうよねえ。うちにきてくれないかしら」

大地と母親の好き勝手なガールズ（？）トークにうんざりしつつ、父親を見ると、鼻の下を伸ばしている。園長先生としての威厳は今はない。

両親で真紘を構い倒しているので、あとは慈円がすることはなにもなかった。自分でお茶を淹れて、一息つく。

「なに、仲よくなってんのよ」

大地に肘《ひじ》で小突かれた。

「え、や、別に……」

仲よく、の意味を思わず深読みしそうになって、一瞬口ごもる。

幸人にキスされたことをにわかに思い出して、火がついたかのようにぶわっと顔が熱くなった。

「やだ、なに顔赤くしてんのよ。なんかあったの？」

「べっ、別に……！　大地には関係ない」

「ふうん、ま、いいけど。じゃ、アタシ帰るわ。あんたが無事に戻ってきてよかった。よかったわね、追い出されなくて」

大地は慈円を心配して、帰らなかったのだ、とそこでようやく気がついた。慈円をけしかけた手前、心配してくれていたのだろう。こうして帰宅するまで待っていてくれたのが、大地らしい。

「うん……。ありがとう。心配かけてごめん」

「いいわよ。いつものことでしょうが。それより、よかったわね。あんたがずっとファンだった人に嫌われなくて」

「うん。朝日――古城さん、とあんなに話せるなんて思わなかった」

そうよねえ、と大地がしみじみ言う。

「こんな身近なとこに、憧れの人が、ってなんか少女漫画みたいね。事実は小説よりも奇なりってこういうことを言うのかしら」

うふふ、と大地がまた意味ありげな笑みを浮かべる。

「ま、せいぜい仲よくなさい。あんたはあの親子に人づき合いの練習させてもらえばいいと思うわ」

じゃあね、と大地は手を振って帰っていく。

大地が帰った後、慈円は誰もいない居間でそっと自分の指で唇に触れる。

（キス……したんだ）

ファーストキスが、憧れの人、というのもさっき大地が言っていた少女漫画のようにしか思えない。

ただし、自分は男で、相手も男だけれど。

あのキスの感触を思い出すように、慈円はずっと指先で唇を弄《いじ》っていた。

「白菜と、長ネギと……あとは鶏肉にお豆腐。それから、んーとシイタケと春菊もかな」

慈円は買い物袋を手にぶつぶつと独り言を言っている。

早いものでもうすぐ師走だ。そろそろクリスマス商戦にさしかかってきた、モールや電飾で賑やかに彩られた商店街をうろうろしながら、買い物をしていた。

変装はしていない。なので商店街のオジサンオバサンたちに「おや、慈円さん珍しいね。お使いかい？」と聞かれ、「ええ、まあ」と、にこやかにごまかしながら。

今日は真紘の家で鍋《なべ》パーティーをすることになっていた。

慈円が真紘を自宅に泊めて以来、すっかり週末は一緒に過ごすのが恒例となってしまった。慈円が真紘の家に行くこともあれば、真紘たちが慈円の家にやってくることもある。

慈円の両親は真紘がいたくお気に入りで、真紘がいなくなった後は、がっかりしていたくらいだった。

ついでに言うと、幸人も真紘同様慈円の両親に気に入られてしまっていた。特に父親は趣味の将棋の相手を幸人にさせ、彼がかなり強いということがわかって、「いい対戦相手ができた」とほくほく顔になっている。慈円が将棋にまったく興味がないせいで、とばっちりが幸人にいってしまったような気がして申し訳ないけれども。

そんなこんなで「真紘ちゃんはいつでも預かるから」と宝龍寺では古城親子を盛大に歓迎しているのである。

買い物の荷物を持って、駅向こうの真紘の家へ向かう。

インターホンの前に立ち、部屋番号を押すと、「はーい」と真紘の声がして、すぐに自動ドアが開いた。

「いらっしゃい！」

待ち構えていたかのように、慈円が部屋の前に着くなり玄関ドアが開く。

「こんにちは」

慈円はドアを開けてくれた真紘に挨拶をした。

「じえんせんせい、どうぞ」

真紘に促され、「お邪魔します」と慈円は部屋に上がる。

「あー」

リビングに入るなり、慈円は声を上げた。

というのも、部屋が汚かったからだ。新聞紙だのなんだのが乱雑にあちこち置かれているし、洗濯物は山になっている。申し訳程度に居住スペースは確保されているものの、先週さんざん片づけたのが全部パーだ。

「真紘くん、幸人さんは？」

仲よくなってきたこともあって、慈円は幸人のことを名前で呼ぶようになっていた。真紘は幸人のことを、お父さんやパパなどというようには呼んでおらず、名前で呼んでいたせいで、ついつい慈円もつられて名前で呼ぶようになっていた。

「幸人、おひるねしています」

そっか、と慈円は頷く。昨日のお迎えのとき、かなりぐったりしていたから、今日はまだしんどいのだろう。

そうして部屋の惨状に納得してしまう。いくら真紘がしっかりしているといっても、すべての家事を五歳児には押しつけられない。いくらかでも物のないスペースがあるだけ上等の部類と言える。

父ひとり、子ひとりの暮らしだ。これも仕方がない。

慈円は買い物してきた食材と、それから母親から持たされた、冷凍して既に小分けにしてある常備菜の数々をいったん冷蔵庫にしまう。常備菜は母親が「売っているものもいいけど、決まったものになってしまうから」と真紘の弁当が代わり映えがしないのを心配して、慈円に持たせているのだった。

「真紘くん、じゃ、ちょっとお掃除しようか」

慈円が腕まくりをすると、真紘が「はいっ」と元気よく返事をする。

これでも坊主のはしくれだ。掃除は嫌いではないし、むしろ得意なほうだと思う。

溜まった新聞紙を紐《ひも》で結わえ、脱ぎ散らかした服を洗濯機に放り込むと洗剤を入れてスイッチオン。慈円が洗濯済みのものを一気に畳むと、真紘がタンスの中にしまい込む。

掃除機をかけると幸人が起きてしまうだろうから、とりあえずフローリングワイパーをかけて床の埃《ほこり》を取った。

「あれ？」

慈円は部屋の隅にある段ボール箱を見て声を出した。

さすがに引っ越しからひと月以上経っていることもあって、一番はじめに訪れたときには数箱積んであった段ボールは一箱を残して片づけられている。が、その一箱もこの前まではまだしっかりと封がされていたのに、今日は箱の蓋《ふた》が開きっぱなしになっていた。

「しょうがないなあ」

慈円は箱の蓋を閉めようと、段ボール箱の側へ行く。

開けっぱなしの箱の中は、見るつもりがなくても見えてしまっていた。荷物の一番上にはフォトフレームが置かれている。そこにはひとりの若いきれいな女性がいて、その女性の両側に幸人と人の好さそうな男性が写っていた。そして女性の腕の中には、小さな赤ちゃん――。

「……？」

見てはいけないものを見てしまったような気がして、慈円は慌てて箱から目を逸《そ》らし、そのまま蓋を閉める。

（あれ……誰なんだろう。赤ちゃん……は真紘くん……？　そしたらあの女の人が真紘くんのお母さんかな……）

慈円の心臓はドキドキと速い鼓動を打っていた。

それじゃああれが……幸人さんの奥さん。

きれいな人だった、ともう一度フォトフレームが入っている段ボール箱へ視線をやる。

ぼんやりとそちらへ気を取られていると、「おはようさん」と寝ぼけたようなあくび混じりの声が聞こえて、慌てて振り向く。

「あっ、起きられたんです――」

ね、という語尾は慈円の「ギャー！」という次の悲鳴に取って代わられた。

「ぁあ？　なんだ？　でっかい声出して」

ふわあ、と一際大きなあくびをしながら、幸人が渋面をつくる。

「なんだじゃないですよ！　パ、パ、パ、パンツ！　パンツ！　パンツくらい穿《は》いてください っ……！」

あろうことか、幸人は下着もなにも着けていない丸裸の男性の、というよりも、要するにスッポンポンだったのである。パンツ一枚着けていない丸裸の男性の、というよりも、慈円にしてみればあの、憧れの、朝日アッシの素っ裸がそこにあったわけで、それはたいそう心臓に悪すぎた。

いくら男同士といっても、そして仲よくはなったといっても、あまりにも無遠慮ではないのか。慎みとか節度とかこの人にはないのだろうか。

「あ？　ああ、わりぃ。パンツなー、パンツ。あ、そっか。俺さっきシャワー浴びて、そんでそのまま寝ちまったのか。どうりで解放感溢れてたわけだ」

解放感ってなにそれ、と慈円はツッコみたい気持ちを抑え、「いいからさっさとパンツ穿いてください！」と目を瞑《つむ》って幸人に向かって叫んだ。

「別にいいじゃねえか。パンツくらい」

「よくありません！　そういうだらしのなさは子どもの教育によくないと思いますっ！　真紘くんが真似《まね》するようになったらどうするんですか！」

ムキになって言うと、「わかったわかった」と幸人はしぶしぶパンツをタンスから出して穿いた。

「パンツ穿いたぞ。これでいいか」

おそるおそる目を開けて幸人を見ると、彼が言ったとおり、ちゃんとパンツを穿いてい
た。ほっとしながらようやく息をつく。

本当に心臓に悪い。

「パンツ穿いたぞ、じゃありません。さっさと服も着てください。そのままじゃ風邪《かぜ》ひき
ますよ」

「あー、わかったって。もう、真紘がもうひとりいるみたいだ」

うんざりしたように言う。そんな口はきくが、けっして嫌というわけではないらしい。

にやにやしているところを見ると、慈円が小言を言うのを案外楽しんでいるような節も
あった。

それにしても——うっかり目にしてしまった彼のものは、男の自分から見ても立派なも
のだった。それに引きかえ……と慈円は自分の股間《こかん》へ目をやる。

そしてぶんぶんと首を振る。

（う、羨《うらや》ましくなんかないからっ）

これまで、人間の裸体……というより、実際の人間にあまり興味なく生きてきたのに、

幸人と出会ってからはなにか違っていた。

もちろん人間に興味がないわけではなく、人の内面や精神性に関しては興味深いものだと思っている。でなければいくら家が寺とはいえ、僧職に就こうとは思わなかった。

が、肉体にはさほど興味を持てなかったのだ。幸人——朝日アツシの体のフォルムには惹《ひ》かれたが、あれも現実というか身近には感じていなかったし、どちらかというと二次元のものを見るようなそんな感覚だった。

慈円にとって、朝日アツシはテレビなどの向こうのもの。媒体を通じてしか出会えない、そういう存在だったのに。

（まさか、素っ裸を見るハメになるなんて）

朝日アツシの肉体を、フィルターもなにも通さないままの肉眼で見ることになるとは夢にも思わなかった。

そして当然自分の体と誰かの体を比較しようなどとは露ほども思っていなかったのに。

彼の皮膚に触れようと思えば触れられる。そんな近くの存在になってしまった。しかもキスもしたことがある。

（ちょっと前の自分に教えてやりたい）

乱れた鼓動と呼吸を整えるように深呼吸をし、残りの片づけものをしてしまう。

本物の朝日アツシは、朝が超絶弱くて、ちょっとだらしないけれど、不思議と幻滅はしなかった。


湯気を立て、ぐつぐつ煮えている鍋に真紘は目を輝かせる。

「じえんせんせい、おにく、もうにえましたか？」

真紘は待ちきれない様子で、さっきから同じことを何回も聞く。

「もう少しね。ちゃんと火を通さないと食中毒になっちゃうから」

鶏肉の火の通りを確認しながら、慈円は答える。真紘はそわそわとしながらおとなしく待っていた。

最後に入れたハマグリが鍋の中でぱかっと開くと、真紘は「わあっ」と声を上げ、目と口を同時に大きく開く。その顔がまた可愛い。

「うちじゃ、あんまり鍋とかしねえからな。ふたりだとなんつーか、味気なくてな」

「そうでしたか」

「あんたが来てくれてよかったよ」

「それはよかったです。……さ、真紘くん、お肉が煮えましたよ」

器に取り分けて、真紘に渡す。

「熱いですからね。火傷《やけど》しないように気をつけるんですよ」

はーい、と返事をし、一生懸命ふーふーと息を吹きかけ冷ましている。ほっぺたをめいっぱい膨らませている様子に微笑ましく思いながら、慈円は幸人の器へも取り分けた。

「はい、どうぞ」

「あ、ああ。ありがとう」

受け取って、やはり真紘と同じようにふーふーと息を吹きかけている。その姿が真紘と一緒で慈円は思わずプッと噴き出した。

「ん？」

やはりふたり同時に慈円のほうを見る。

「い、いえ。おふたりとも同じようにされててホントそっくりだなって」

「そうか？」

「ええ。なんというか、本当に仲よしの親子なんだなって思いました」

ふふ、と慈円が笑う。

「そっか」

幸人はしみじみとした表情でそう言いながら、やさしく微笑み、白菜に齧《かじ》りついた。

鍋の後、三人でババ抜きをした。

負けるのはいつも幸人だ。彼は全部顔に出るからわかりやすい。案外強いのが真紘で、今日は全勝だった。

「お、もうこんな時間だ。真紘、歯磨いてこい。寝る時間だ」

時計が九時を回って、真紘は寝る時間になる。

「それじゃあ、俺はこれで」

そう言って、慈円は立ち上がる。これ以上いると真紘の睡眠の妨げになるからだ。

すると幸人が「そこまで送っていく」と腰を上げた。

「いいですよ。ひとりで帰れますって。女性じゃないんですから」

「いや、ついでにコンビニにな。ちょっと買い忘れたもんがあって――真紘、すぐ戻るからちゃんと寝てろよ」

真紘は「わかってます。あしたははやいんですよね」とそそくさと洗面所に歯磨きに行った。

「明日、おでかけなんですか」

「ああ。墓参りにな」

墓参り、という言葉を聞いて、慈円はそれが誰の墓参りなのかわかったような気がした。

幸人と外へ出る。

通りがかりのコンビニにさしかかると、慈円は「ではここで」とぺこりとお辞儀をした。

「大丈夫か？」

「大丈夫ですよ。ここからは明るい道ですから」

断ったが、幸人は首を振った。

「いや、やっぱり送っていく。あんたになにかあったら、真紘が悲しむ」

「大げさですって。それより真紘くんが待っていますよ。明日早起きしなくてはいけないのでしょう？　寝坊しちゃまずいですし。――お墓参りですもんね」

きっと買い忘れたものというのは、お墓参りのためのお供えものなのかもしれない。今日の彼はずっと寝ていたようだし、起きてからは慈円がいて買いに行く暇などなかった。

「ああ、まあそうだけど」

そこでつい「お墓参り、って奥様のですよね」と慈円は聞いてしまった。

口に出してから、しまった、と思ったが幸人は特に気分を害していない様子でほっとする。彼は慈円を見ると、ふっ、と小さく笑みをこぼした。

だが、その笑顔はどこか寂しげだ。そうしてゆっくり息を吐くと彼はこう言った。

「奥様、って俺は一度も結婚したことはないよ」

幸人の言葉に慈円ははっと彼の顔を見る。

「え……!?」

よほど慈円が驚いた顔をしていたのだろう。幸人は慈円の顔を見て、またさっきと同じように小さく笑った。

「やっぱり送っていく。歩きながら話そう」

幸人は「ちょっと待ってな」とコンビニの中に入っていく。慈円はこのまま帰ってしまおうかとも思ったが、待ってな、と彼に言われた以上待っていなくては、とそのままおとなしく彼が店から出てくるのを待つ。

「お待たせ」

ほら、と手渡されたのは温かい缶コーヒー。

「寒いだろ。今日は特に寒いしな」

缶は慈円の手にじんわりとした温《ぬく》もりを与えた。

「ありがとうございます」

礼を言うと、「飲もうぜ」と幸人は自分の缶のプルトップを引く。開けた缶から、仄《ほの》かに湯気が立っているのが見えた。それだけ今晩は冷え込んでいるのだろう。明日の朝はきっともっと冷えているはずだ。

並んで歩きながらコーヒーを飲む。

「真紘くんに、お行儀が悪い、って叱られそうですね」

「あはは。そうだな。だから内緒、な？」

「そうですね」

ふふっ、と笑い、コーヒーを口に含む。缶コーヒーって、こんなに美味しかっただろうか、そんなふうに思いながらごくりと飲み込んだ。

「真紘はさ、俺の親友の子なんだ」

ややあって、吐き出すように幸人が言う。けれどけっして投げやりというわけではないようだ。ゆっくりと丁寧にそう口にした。

「……あの、そんな大事なことを俺に」

言っていいのか、と幸人に聞いた。

「いいよ。あんたは真紘の幼稚園の副園長先生だし、それに……なんかあんたに聞いてもらいたいと思ってさ」

「……ありがとうございます」

話をしてくれるのはうれしい。けれど、本当に聞いていいのか、という葛藤《かっとう》もある。彼らの深いところまでこれ以上踏み込んでいいものか。だが聞いていいというなら……そんな気持ちもなくはない。

「多分さ」

はあ、と幸人は大きく息をついた。

「きっと俺は誰かに言いたいんだ。だから聞いてくんねえかな」

やっぱり寂しそうな影を顔に落とす。そうまで言われたら聞かないわけにはいかない。僧侶として、真紘の園の副園長として、そして友達として。

「わかりました」

覚悟を決めて、彼の告白を聞くことにした。

「俺にはトモって中学からの親友がいてな。やたら気が合って、どこ行くんでもふたりでつるんで……だから俺がこの道に入ったのもそいつの影響だった」

幸人の親友はスタントマンだったという。そしてふたりでいつか一緒の番組に出るのが夢だったらしい。

そしてもうひとり、女性のスタントマンで仲のいい子がいた。コマキという名前のとてもやさしくて大らかな彼女は、出会うなりたちまちふたりと仲よくなったという。

特にトモはコマキととても気が合っていた。だから彼らが恋に落ちるのは当然だと思っていたと幸人は言う。

「それが当たり前、ってな感じであいつらは結婚したよ。ふたりとも境遇が似ていてな……家族がいなくて。だからお互い家族が欲しかったんだと思う」

もちろん、幸人との友達づき合いは今までとそのままに、結婚したのに三人でいつもいるような状態が続いたという。

「で、真紘が生まれた。でも、当時俺らはこの仕事だけでは食えなくてさ、バイトかけ持ちしたり、危ないスタントの仕事も引き受けたりして……」

そういう話は様々なところでよく聞く話だ。今の幸人はスーツアクターとして、その名前で仕事が取れるほどになっているから、それなりの収入は得ているはずだが、スーツアクターもピンキリで、中には他に仕事をしなければ食べていけない者もいる。いや、幸人のような者のほうが少ないくらいだろう。

「真紘が一歳になるかならないかくらいのときだ。あの日もこんな寒い日で、そんな中トモとコマキはとある映画のロケにかり出されたんだ。はじめはコマキだけのオファーだったんだが、やっぱりこの前みたいに怪我したやつが出て。それで急にトモもってことになってな……で、真紘をいつも預けている一時預かりの保育施設に預けて、ふたりでロケ地へ向かった」

そこまで聞いて、慈円はごくりと息を呑んだ。

その先が容易に想像できたからだ。

きっと幸人も慈円の表情に気づいたに違いない。

「あんたの想像しているとおりだと思うけど」そう言った。

「では……やはり」

「ああ。高速道路は路面が凍っていて、速度制限がかかっていたようなんだが、不届き者はいるんだよな。スピード出した挙げ句に玉突き事故起こしやがって……その事故に巻き込まれて、トモとコマキは逝っちまった」

テレビのニュースでは、無名のスタントマン夫婦の事故はさほど大きく取り上げてはいなかったけれども、一時期ネットの掲示板では騒然としていた記憶がある。ただ、確かその時期は慈円も修行で忙しくしていたため、それきり忘れてしまっていたが。

あの事故の被害者が真紘の両親だったなんて。

なんということだ。

慈円は思わず目を瞑って合掌した。コーヒーの缶を手に持ったままだったが、そうせずにはいられなかった。

「それで……幸人さんが真紘くんを引き取ることにしたんですね」

幸人は表情なく空を見上げていた。

冬の空は空気が澄んでいて、東京にいてもいくらか星は見える。あの星に彼の親友とその愛した人を重ねているのか。

なにを思って空を仰いでいるのだろう。

「そういうこと。あいつらには誰も身寄りがいなかったから、あのままだと真紘は施設に行くことになっちまったからな。トモたちの子どもだ。俺が育てるって」

だが真紘は一歳になっていたとはいえ、まだまだ赤ん坊だ。独身の男性がひとりで育てるのは苦労したことだろう。

「ご苦労なさったんじゃないですか」

すると幸人はコーヒーをぐいと呷《あお》り、小さく笑った。

「苦労してないって言えば嘘になるけどな。反対もされたし。でもさ、周りには反対もされたけど、結局はかなり助けられたし、なにより真紘がいたから頑張れたってのがあるかな。真紘のために、って清水の舞台から飛び降りるつもりで受けたシャインレンジャーの仕事が当たって、なんとかこうしてやっていけてる。全部真紘がくれたもんだ」

幸せそうに幸人が言う。

真紘がいたからこそ、あのシャインブルーという役が幸人に与えられ、そしてその顔を出さない演技で慈円を魅了した。慈円の心を三年以上も離さない、あの胸が締めつけられるような演技と鬼気迫るアクション、あれは真紘がいなかったら見られなかったのだ。

「そうだったんですね。真紘くんが……。あの、差し出がましいことなんですが、そのことは真紘くんはご存じなんですか？」

幸人と真紘の事情はわかった。が、真紘自身は幸人を本当の父親ではないと知っているのだろうか。

「知ってる。全部話してあるよ。毎年命日に墓参りに行って、真紘が大きくなったことをちゃんとあいつらに見せてやってんだ。真紘は今は戸籍上は俺の養子だけど、あいつらと俺の三人の子だ、っていつも言ってる」

「そうですか……。ああ、だから真紘くんは幸人さんのことを名前で呼ぶのですね」

真紘が幸人のことをお父さん、と呼ばないのはそのため。

本当のお父さんとお母さんは天国にいるから。

「そういうこと。真紘とは……そうだな、やっぱ親友みたいなもんかな。トモと同じこと言いやがるときがあって、なんつーか、あいつトモのことなんか全然覚えてないはずなのに、同じ口調で俺のこと叱るんだよな。おかしいだろ？　あれってやっぱＤＮＡでそういうのも受け継がれてんのかと思って」

おかしいだろ、とやさしい表情で言いながら、幸人の口調はとてもせつないものだった。真紘の中にいる親友を幸人はずっと見つめている。

声の中に彼がトモを大事に思う気持ちが溢れていた。

いくら恋愛には疎い慈円でも、幸人が抱くトモという親友への思いが特別であることがよくわかった。

これは憶測でしかないけれど――幸人はその親友のことをただの友達としてではなく、恋心をもって見ていたのかもしれないと慈円は察した。

だから忘れ形見の真紘を大事に育てているのだろう。

「ごめんな。あんたなんか話しやすくて……こんなことまで喋っちまって迷惑だったかもしれないが」

「いいえ。俺は坊さんですよ。そのために坊主というのはいるもんです。ですから幸人さんは、いくらでもお気持ちを吐露なさってください。お仕事の関係の方には言えないこともあるでしょうし、そういうときにはどんどん俺を利用していいんです」

慈円は幸人に向かって微笑んだ。

自分はまだ未熟で、幸人になにかをアドバイスしたり、いいことを言ったりなんてできないけれど、彼の気持ちが楽になるのなら話はいくらでも聞いてやりたいと思う。

「ありがとな。……ホント、あんたがいてよかった」

「話を聞くくらいしかできませんけれどね。ご存じのとおり、俺はまだまだ父親のように立派な住職にはなれませんし。でも俺に話すことで幸人さんの気持ちが楽になるならいつでもどうぞ」

前を向くとそろそろ寺の塀が見えてきた。

「もう、ここで結構ですよ。早く帰ってあげてください。真紘くんが待っていますよ」

話をしていたらいつの間にか自宅近くまで歩いていた。

「そうだな。ありがとう。じゃ、また」

「おやすみなさい」

おやすみ、と幸人は言うと、くるりと体を翻し、元来た道を戻っていった。

慈円は幸人の背中を見送りながら、どこかうら寂しいような、息苦しいような、そんな気持ちを覚えて戸惑う。

これはどういう気持ちなんだろう。自分の気持ちがどういう状態なのか判然とせず、ただはじめての気持ちに狼狽える。

幸人が自分だけに真紘のことを打ち明けてくれたのはとてもうれしい。なぜなら、それは自分が信頼されている証《あかし》だと思えるから。

けれど幸人は真紘の中に親友の影をいつも追っているということもよくわかって、あっという間に彼に置いてけぼりをくったような気分になる。

多分彼はトモに恋をしていた。

幸人がトモのことを口にしたときの、あのやわらかな眼差《まなざ》しと微笑みは、自分には向けられたことがないものだ。幸人がトモのことをどれほど大事に思っていたのか、慈円でもすぐにわかったくらいだった。

(恋……)

愛とか恋とか、慈円には今まで理解ができなかった。

しかし今の幸人を見て、恋愛というものがどういうものか、なんとなくわかった気がする。人が人を愛する、ということを。

泣きたくなった。

「……幸人さん」

彼の立っている場所にはけっして辿り着けないことを知ってしまったから。

出会って間もないのに秘密を打ち明けてくれるような親密さは得られて、彼らとの距離がぐんと近くなったと思ったのも束《つか》の間、次の瞬間には彼がどこか遠いところにいるような気持ちにもなってしまったのだ。

近いのに遠い。

ぎゅっと、持っていたコーヒーの缶を握りしめる。手の中の缶コーヒーはすっかり冷めてしまっている。

最後の一口を口に入れると、さっきまで美味しいと思っていたはずのそれは、とても味気なかった。


「じえんせんせいおはようございます」

「おはようございます」

いつもの朝だ。

慈円は園の前に立って、登園する子どもたちをいつものように出迎える。

「あれ、せんせい、ペン太くんは？」

はっとして手を見ると、いつもしているハンドパペットのペン太がいない。というか、忘れてしまっていた。慈円が朝の挨拶《あいさつ》に立つようになってから、一日たりとも忘れたことなどなかったのに。

おまけに子どもに言われて気づくなんて……。

ゆうべあまり眠れなかったとはいえ、とんだ失態だ。

「あ……えっと、ペン太くんは今日は園長先生のおつかいに行っているので、お休みなんですよ。明日はまた一緒にお迎えしますからね」

そうなんだー、と納得したような声が聞こえて、胸を撫《な》で下ろすものの、あまりの自己嫌悪で穴があったら入りたくなる。

それに、今日はまだ真紘と幸人が来ていない。

昨日のお墓参りから、帰ってきたのかそれとも泊まっているのか——それとも。

ゆうべ幸人から聞いた話を思い出してゾッとした。

——高速道路は路面が凍っていて、速度制限がかかっていたようなんだが、不届き者はいるんだよな。スピード出した挙げ句に玉突き事故起こしやがって……。

真紘の両親は交通事故で亡くなった。

昨日の朝はかなり冷え込んでいて、行き先によっては道路も凍結しているかもしれない。

もしかしたら事故にあって……とそこまで考えて、縁起でもないと頭を大きく振った。

「おはようございます、慈円先生。……あら、今日はどうなさったんですか?」

母親のひとりがそう言うと、周りにいた他の母親も慈円に注目する。

「え？」

なにかしただろうか、と思っていると声をかけてきた彼女が、「目の下、すっごいクマができていますよ」と指で彼女自身の目元をなぞり、その部分にクマができていることを教えてくれた。

「せっかくのきれいなお顔が台なし……」

残念そうな声を出しながらそんなふうに言われて、慈円は苦笑いするしかない。

「あ……ゆうべはちょっと寝つかれなくて」

慈円が答えると、「あーん」と合唱のように周りの母親たちが声を出した。

「それはいけません。慈円先生、お肌のためにも睡眠時間はきっちり取って。蒸しタオルや鎖骨のリンパをマッサージするといいらしいですよ……！」

「カシスを食べればいい、って話も聞きました」

「クマに効くツボはこめかみ近くですって」

てんでに自分たちの持っている美容知識を授けてくれるが、そもそもそういうものに興味もないし、特に肌に気を遣っているわけでもないので、苦笑しながら「ありがとうございます」と受け流していた。

母親たちの猛攻にあっている間も、目は他を向いていて、真紘と幸人が来ないかと見ているのだが、一向に来る気配がない。いよいよなにかあったのだろうか、と不安に思う。あとで電話してみようか、いやいや、車の中だったら悪いからメッセージアプリのほうがいいだろうか、そんなことを考えているうちに授業開始の時間になってしまっていた。

園の中に入ると、真紘のクラス担任のサトミ先生が雑巾《ぞうきん》とバケツを持って廊下を早足で駆けていった。

「サトミ先生、どうしたんですか」

「あ、慈円先生。ええ、ちょっとお漏らししちゃった子がいて」

サトミ先生はこの前足首を軽く捻挫《ねんざ》したとかで、今は少し不自由だ。バケツを持って急ぐ姿が辛《つら》そうに見える。

「バケツ、持ちましょうね。足に負担かけちゃいけませんよ」

慈円は彼女からバケツを受け取り、一緒にたんぽぽ組の教室まで行く。

お漏らしした女の子は既に着替えていたのだが、泣きべそをかいている。同じクラスの子に「泣かないの」と慰められていた。

「先生、ここは私がお掃除しておきますから」

そう言って、慈円は彼女にはクラスの子たちのケアを優先にするようにと促す。

園児にはありがちな些細《ささい》なことから、いじめに発展するケースもなくはない。こういう場合、はじめのうちにきちんとケアすることが大事なことだと、なかよし幼稚園では教師に言い含めていた。

掃除をしていると、男の子のひとりがサトミ先生に「ねー、せんせい、きょうはまひろやすみ?」と聞いていた。真紘、という名前に、慈円は聞き耳を立てる。

「真紘くん、今日はお休みですって」

「えー」

男の子はひどく落胆していた。きっと真紘と仲よしなのだろう。

「まひろ、びょうき?」

「ううん、違うみたいよ。ご用事があるんですって」

「ふうん。じゃあ、あしたはくるかなあ」

あーあ、とあからさまにがっかりした顔を見せて彼は他の子のところへ行ってしまった。

盗み聞きのようなことをしてしまった、と慈円は反省しつつ、真紘と幸人はとりあえず無事だということがわかって、ひっそりと安堵《あんど》の息をつく。

園へ連絡があったのだから、とは思ったものの、自分のところにはなんの連絡もなかったことになんとなくがっかりしてしまった。

慈円のところにわざわざ連絡をよこさないのは、考えてみれば当たり前の話なのだけれども、ひと言くらいあってもいいのに、と自分勝手なことを思ってしまう。

（あ……）

もしかして、自分は彼に特別扱いして欲しいのか、と雑巾を洗う手を止めた。

最近あまりに彼らの近くにいて、傲慢《ごうまん》になってしまったのかもしれない。

（バカみたい……特別扱い……される資格もないのに）

自分は幸人にとってのトモではない。

ただの、友達。

……いや、それですらないかもしれない。

慈円は自分の汚い気持ちを洗い流すように、バケツの中で雑巾を必死に洗い続けた。


「やだ、珍しく来たと思ったら、なに辛気くさい顔してんのよ」

ほら、ごはんよ。そう言って、大地は慈円の前に里芋のコロッケがのったナポリタンを出した。

「う……ん」

カウンターの一番隅っこの席で、慈円はパスタにフォークを突き刺す。

はあ、と溜息《ためいき》をついては一向に食べる様子のない慈円の額に大地がデコピンをする。

「アタシのパスタが食べられないっての？」

じろりと睨《にら》まれる。

「たっ、食べる。食べるから……」

しょげた顔をして、ごめん、と大地に謝る。

ひとりでいたくなくて、大地の店にやってきたけれど、来たら来たでやっぱりひとりになりたいかもなんて思ってしまう。なにをどうしても落ち着かないのだ。胸の奥がざわざわして、いろんな気持ちがごちゃごちゃに混ぜっ返されて、さらにごちゃごちゃになってとっちらかっている。

どう整理をつけていいのか、こういうときどうしたらいいのか、誰《だれ》も教えてくれはしなかった。

里芋のコロッケの真ん中にはチーズが入っていて、とろりと溶けた食感と味がナポリタンと合って美味《おい》しい。

「美味しい……」

やさしい味にほっと息をつき、大地にようやく笑顔を見せた。

「当たり前よ。アタシが作ったものがまずいわけないじゃない」

ふふん、と自慢げに大地が笑う。

「美味しいご飯食べて、たっぷり寝たら、大概の嫌なことなんか忘れちゃうわよ」

そう言いながら、ライムを浮かべた水をドンと置く。

「こぼすんじゃないわよ」

「わかってるって」

慈円の様子がおかしい理由を大地はわかっていないだろうけれど、こうやってなにも聞かずにいてくれることがありがたい。

もそもそと口を動かしていると、大地が「いらっしゃーい」と入り口のほうへ顔を振り向け声をかけた。

つられて慈円もそちらを見ると、開いたドアからぴょこんと小さな体が飛び出した。真紘だ。次いで幸人の姿も見えた。

「じえんせんせい！」

満面の笑みを浮かべて、真紘が駆けてくる。

その後ろで幸人も笑っている。

慈円は複雑な気持ちのまま、ぎこちなく笑顔を返した。

「今日は幼稚園お休みだったね」

真紘に聞くと、真紘の後ろにいた幸人が「悪い、ずる休みだ」と手を合わせている。

「どうなさったんですか。いつまでもいらっしゃらないし、と思っていたら、サトミ先生がお休みだとおっしゃって」

自分でもひどく意地悪な言い方をしている、と嫌な気持ちになった。

しかし幸人はまるで気にもしていないふうで、「参ったよ。充電器持っていくの忘れてさ」とのんびりと言うだけだ。

「ホントはあんたにも連絡入れようと思ったんだけど、なんせバッテリーが残り三パーセントでさ。とりあえず幼稚園に連絡入れないとと思って……そんで、電話し終えたら案の定切れちまった」

あはは、と幸人は大声を上げて笑う。

スマホのバッテリー……。

なんだ、と慈円は拍子抜けしたような気になる。遠くに行くときには確かに充電器を忘れるとそんなことになるのは、慈円も経験したことがあった。

「ん？　どうした？」

幸人に聞かれて、「い、いえ。なんでも」と首を振る。

「じえんせんせい、おみやげです」

はい、と真紘が慈円に手提げの紙袋を手渡した。

「え？　あ、ありがとう……」

お土産《みやげ》？　と慈円はきょとんとする。まるで慈円がここにいることを知っているかのようだった。

すると幸人が「あんたんち行ったら、ここに来てるって言うから」と言う。

わざわざ訪ねてきてくれたらしく、慈円の母親がここにいると教えてくれたようだった。

「あけてみてください！」

真紘が目をキラキラさせて、慈円にせっつく。

「う、うん。じゃあ……お言葉に甘えて……」

なんだろう、と受け取った紙袋の中に入っている白い丈夫な紙箱を取り出した。紙箱はあまり大きくはないのに軽くはない。なにかちょっぴり重たいものが入っている。

それを開けて、慈円は目を大きく見開いた。

「これ……！」

うふふ、と真紘がしてやったりといったように、得意げに笑っている。

それは、幸人が持っていたシャインレンジャーのマグカップだった。打ち上げのときに配られたという幻のカップ。

「え⁉　ど、どうしてこれを……？」

幸人が当時のスタッフに聞いて回り、もうこの世界を引退した人に譲ってもらったのだということだった。連絡がついたのが昨夜遅くで、それを受け取りに遠くまで走ってくれたらしい。

「あんた欲しがってたからな」

幸人の言葉に、うれしくなる。

「あ、ありがとうございます……！　大事にします……！」

思いがけないプレゼントをもらい、慈円はうれしいのと同時に、自分がいかに被害妄想に陥っていたのか思い知らされて、恥ずかしくなる。自分勝手に自分勝手な妄想をして、ひとりで空回りをしていた。

「いいって。そんなに恐縮すんなって。あんたが喜ぶ顔も見たかったしな。喜んでもらえてよかった。な？　真紘」

「はい！」

にこにこ顔の真紘と幸人を前に、慈円はもらったマグカップをぎゅっと抱きしめた。

次の日曜日、慈円と真紘はふたりで秋葉原に繰り出していた。

秋葉原へ行くときには変装……なので、今日は慈円も例のダサい長髪ウイッグと眼鏡《めがね》を久しぶりに引っ張り出したのだった。

真紘は秋葉原ははじめてらしく、慈円がよく行くフィギュアの店などに連れていくと、大興奮していた。ふたりでオタクショップ巡りをし、お昼ご飯を食べ、そしてプラモと幸人へのお土産にお菓子を買って帰る。

虹が崎の駅に着いたときには、とっぷりと日が暮れていた。

「わ、真紘くん、もうこんな時間。幸人さんもう帰ってるかな」

急いで帰ろう、と駅を出て、しばらく歩いていたときだ。

ドンッ、と慈円の体にいきなり後ろからぶつかってきた者がいた。

「いってえええ！　いてえよ！」

そしてやたらと大きな声がした。

振り向くと、見るからにヤンキーな高校生が数人、慈円たちの背後にいる。彼らの制服から、地元でも評判の悪い高校の生徒のようだ。

わざとぶつかってきたな、と慈円は無視をきめて、真紘の手を引いてそこから立ち去ろうとした。

「おい、おまえ、シカトこいてんじゃねえよ」

がしっと肩を摑《つか》まれる。

「いてえっつってんだろ。あんたとぶつかったせいで怪我《けが》しちまったじゃねえか。慰謝料よこせよ」

なにが怪我だ。呆《あき》れながら慈円は、「申し訳ありません。急いでるので」と慇懃《いんぎん》に言う。

「すかした態度とってんじゃねえよ。このオタクが」

最近、しょぼくれたサラリーマンとかオタクとかが高校生に暴力をふるわれるという事件が頻発していると聞いたことがある。まさか自分がそのターゲットになるとは、と思いながら、真紘がいるためあまり無理はできない。

走って逃げるということも、真紘がいる以上は無理だった。

運の悪いことに今慈円がいる場所は、人通りが少なく、叫んでも誰かが来るという可能性はほとんどない。

思案に暮れていると、絡んできた連中のひとりが慈円を小突いた。

「おい、金出せっつってんだろ。財布よこせよ」

脚を蹴《け》られ、慈円は顔を顰《しか》めた。真紘はその様子を見ていて怖がって震えている。声も出ないようだった。

とにかくこの場をなんとか逃れたいと、慈円は財布の中から金を出す。金でなんとかなるなら安いものだ。真紘を危険な目にあわせるよりはよっぽどいい。

「ちぇっ、シケてやんの。おい、その荷物、そっちもよこしな」

そう言って、慈円の持っていた袋を指さした。

「それは……！」

袋の中には慈円の買い物のプラモと、真紘が幸人のために選んだTシャツが入っている。だが仕方がない、そう思って手渡そうとすると、真紘が「だめえぇっ！」と駆け寄ってきて、高校生をポカポカと拳《こぶし》で叩《たた》いた。

「うぜえんだよ！」

高校生は真紘を振り払って地べたに転ばせる。

「真紘くん！」

慈円は真紘の側《そば》に寄ると、庇《かば》うように高校生の前に立ち塞《ふさ》がった。

「小さい子に乱暴しないでくださいッ」

叫んだが、彼らはおかしそうに鼻で笑うだけだ。

『小さい子に乱暴しないでくださいッ』だってよ。ウケる。じゃあ、あんたは大人だからいいよな」

そう言って、慈円をもう一度蹴ろうとしてきた。が、慈円は逆に蹴りを入れる。そうして身構えた。

これでも空手も合気道もやっていた。なんとかなるだろうと高をくくったのが甘かった。

「へえ、結構やるじゃん。オタクのくせに」

へらへらと笑う高校生の反応は早かった。慈円の肘打《ひじう》ちを避《よ》けたかと思うと、腕を取って捻《ひね》り上げてくる。

「でもさあ、所詮《しょせん》こんなもんだよなあ。おい、調子こいてんじゃねえぞ」

高校生は慈円の腕をギリギリとねじり上げる。このままいくと腕が呆気《あっけ》なく折れてしまうだろう。

「……っ、ぃ……いっ」

痛い。ミシミシと骨が軋《きし》むような痛さを覚える。この高校生はおそらく慈円同様武道かなにかをやっていたに違いない。反応の速さや的確に攻めてくるところを見ると、慈円よりも高段者とも考えられた。明らかに自分より強い、と慈円は絶望する。

自分ひとりだけなら、どれだけ暴力をふるわれてもいいが、側には真紘がいる。とにかく真紘を守らなければ。

渾身《こんしん》の力を込めて、かろうじてなんとか体を動かし、高校生の足を踏んだ。

「真紘くん！」

一瞬怯《ひる》んだ高校生の隙《すき》をついて、真紘のところまで急いで駆け寄り、彼を守るように抱きしめる。

「ぁあ？　ナメてんじゃねえぞ？」

高校生は丸めている慈円の背を蹴った。

「――ッ」

衝撃に痛みが走る。腕の中の真紘はよほど怖いのか、泣きじゃくっていた。慈円は真紘を強く抱いたまま、「大丈夫だから。俺が守るから」と何度も言い聞かせる。

だが、ドカドカと背を蹴られ続け、これ以上どうしようもなくなってしまったと慈円が諦《あきら》めたそのときだった。

「おい！　そこでなにやってんだ！」

大きな声が響いた。その瞬間、高校生たちの動きが止まる。

「あ？　オッサン、引っ込んでろよ。同じようになりたいのかよ」

取り巻きの高校生が声の主に向かって口を開く。すると次の瞬間「うわっ」という声が

聞こえたかと思うと、ドン、と地面になにかが落ちたような鈍い物音がした。

「ちょ、マジで」

高校生の戸惑う声が聞こえ、慈円は怖々後ろを振り向く。すると腕の中にいた真紘が「幸人！」と大声で名前を叫んだ。

慈円が見たのは、鋭い視線で高校生たちを睨みつけている幸人と、それから慈円を捻り上げていた高校生が地面に打ちつけられている姿。

どうやら幸人が彼を投げ飛ばしたらしい。

「今、警察を呼んだ。てめえら逃げるなよ」

幸人の言葉に「フカシこいてんじゃねえよ」と高校生たちがいきり立った。が、幸人の言うとおり、自転車に乗った警察官がすぐに駆けつけてくる。

やべえ、と高校生たちが口々に言い、蜘蛛《くも》の子を散らすように逃げていった。

「大丈夫か」

幸人がしゃがみ込んだままの慈円と、そして慈円の腕の中にいる真紘を抱きしめる。

真紘はまだ震えたままだ。けれど、幸人の顔を見て安心したのだろう。声をいっぱいに張り上げて泣く。

「ゆきとぉ……っ！　こわかった……ゆきと……！」

何度も何度も幸人の名前を呼び、幸人はそんな真紘の頭をやさしく撫でている。

「大丈夫だ。もう、大丈夫」

その声に慈円もほっとする。一方的に暴力を受ける恐怖を味わい、彼らが去って安心したとはいえ、やはり彼の言葉は心強かった。

「慈円？　おい、大丈夫か」

幸人に聞かれ、慈円は顔を上げた。すると幸人は慈円の顔を見るなり、「クソッ、あいつら」と苦々しい顔をする。

「顔が真っ青だ。……こんなに震えて……」

幸人がそう言うのを慈円は不思議そうに見ている。なにを言われているのかわからなかったが、幸人が慈円の唇に指を触れてきてはじめて、自分が唇も体も震えているということにようやく気づいた。

「無事でよかった……」

そうしてもう一度、真紘ごと慈円を幸人は抱きしめた。

側にいた警官に、あれこれと調書を取られたために、解放されたのはかなり後になってからだった。

念のために病院に行き、診断書を取ってくるように勧められた。

診断書もだが、強い力で蹴られたことで後からなにか症状がでないとも限らない。幸人はそう言って、真紘と慈円を近所のクリニックに連れていく。

診察の結果、真紘はなんの問題もなく、慈円も軽い打撲のみで骨などには異常がなかった。しかし背中はひどい痣《あざ》だらけだ。

そして今――。

慈円は幸人の家にいた。

真紘は怖い目にあったので疲れたのか、早々に寝てしまっている。

「本当に申し訳ありませんでした。俺がいたのに、真紘くんをあんな目にあわせてしまいました」

慈円は正座して深々と頭を下げる。

いくら謝っても謝り足りない、と慈円はそんな気持ちだった。

あのとき幸人が来てくれたからよかったようなものの、あのまま誰も来なかったら、自分も真紘も大変なことになっていた。そう思うとゾッとする。取り返しのつかないことになっていたかもしれないのだ。

　金を渡したときに、すぐに逃げてしまえばよかった。自分がもたもたしていたせいであんなことに……。

　慈円は下げた頭を上げられなかった。

「おいおい、なに頭なんか下げてんだ。無事だったんだからいいだろう」

　幸人は慈円が正座しているのに合わせ、彼自身も床にぺったりと座る。

「でも……俺は……真紘くんひとり守ることもできませんでした」

　仮にも先生なのに自分のふがいなさがたまらなく情けなかった。しかも自信を持っていた自分の腕っ節もなんの役にも立たなくて、思い上がっていたことが恥ずかしい。

「なに言ってんだ。集団相手に子ども連れのあんたが太刀打《たちう》ちできるわけない。あれは事故だ。誰でもあんな目にあう可能性があった。運が悪かっただけだ。それに真紘があいつらに手を出したせいもあるんだろう？　あいつが向かっていかなければ、もしかしたら逃げられたかもしれないじゃないか」

「いえ……それでもやはり……。俺がもたもたしていて、真紘くんを止められませんでしたから、やっぱり俺の責任です」

「終わったことをあれこれ言っても仕方ないって。それにあんたは真紘をしっかり守ってくれただろう？　それでいいじゃないか」

いくら幸人が気にするなと言ってくれても、慈円はどうしても自分が許せなかった。

膝《ひざ》の上で拳を握って唇を嚙《か》む。

そんな慈円の頭を幸人は撫でた。

やさしくしないで。もっと責めて。おまえが真紘を怖い目にあわせたのだと罵《ののし》ってくれて構わない。

けれど幸人は慈円の望むようにはけっしてしないのだ。

「あんたのその責任感の強いとことか、ちょっと意固地なとことか……一途《いちず》っていうかな、俺はあんたのそういうところ、好きだが……もう自分を責めるのやめろ」

やさしい言葉が辛くて、ふるふると慈円は頭を振る。

「……なあ、頭上げてくれよ。俺は真紘もだが……それよりあんたが……慈円が無事でよかったって思ってんだ」

慈円の頭を撫でていた手がいつの間にか、頰《ほお》へ添えられていた。手のひらが慈円の頰を包み込む。

「だから……泣くな」

幸人は指で慈円の目尻《めじり》からこぼれている涙を拭《ぬぐ》った。

幸人は慈円を抱きしめる。

蹴られた背中に配慮しているのか、抱きしめる力は強くはない。しかし、とてもやさしい抱擁だった。

そうして彼の顔が傾けられたかと思うと、唇が重ねられる。

熱い、と慈円は思った。

重なった唇は、前のようにすぐは離れていかない。それどころか、角度を変えて何度も口づけられる。その熱さに慈円の頭がぼうっとし、その瞬間、彼の舌が慈円の唇の隙間に忍び込んできた。

いきなりのぬるりとした舌の感触に、慈円は体を身じろがせる。が、幸人に頭を引き寄せられていて、逃れられない。舌が絡みつく――。

息ができなくて苦しくなってきたとき、ようやく唇が離された。

「な……んで」

なんでこんなときにキスなんか。

「なんで、って。あんたのことが好きだからに決まってんだろ。……あんたのことが可愛《かわい》いから」

「す……き?」

「ああ。好きだ」

好きだと言われて、慈円は戸惑った。好きという感情が、よくわからないからだ。

そんな慈円の戸惑いを幸人は感じたらしい。

「俺のことは嫌いか？」

慈円はごく小さな声で「嫌いじゃありません」と答える。

「でも……わからないんです。俺……今まで、誰かのことを好きになったことがなくて。こっ、こういうこと……はじめてだし……それに……」

「知ってるよ。あんたがこういうことに疎いことは。前にキスしたときにぼろぼろ泣いてたの忘れてないから。——あのときから、俺はあんたのこともっと知りたくなった。なあ、あんたはキスするの、女じゃないとダメか。それとも坊さんはエッチなことしちゃダメなのか」

そんなことはない。慈円の宗派は同性愛を積極的に禁じてはいない。それから一番はじめのキスだって、そして今のキスだって、全然嫌ではなかった。むしろ……。

慈円は胸元をぎゅっと摑む。

ずっと、ここが痛い。真紘の話を聞いたときから、ずっとずっとここが、胸のずっと奥にあるところが痛くて苦しい。

なのに、今のキスで、その痛みが蕩《とろ》けるような甘さに変わっていた。

「わ、わからないんです……本当に。でも――キ、キスは嫌じゃありませんでした。それに、仏教は……性行為自体は禁じていません。むやみやたらに誰でもいいから、というのはダメですけれど、その……好きな人との性行為は特になにも」

か細い声でようやくそれだけを幸人に伝える。

「そうか。じゃ、オッケーだな。俺はあんたのことを好きなんだから」

「幸人……さんは、その……」

男性のほうが好きなのか、そう聞こうとして躊躇《ちゅうちょ》する。口ごもっていると慈円の言わんとしていることを察したのか、「ああ」と短い返事をよこした。

「俺はどっちかというとゲイなんだろうな。本気で好きになるのは男のほうだ」

それを聞いて、慈円の胸がつきん、と小さな痛みを覚えた。

幸人の好きだった人は真紘の父親だという推測は確信に変わる。もう今はいない人だけれど、その人はまだ彼の中のどのくらいを占めているのだろう。

「続き、してもいいか……？　それとも嫌か」

幸人に聞かれて慈円は躊躇《ためら》った。その迷っている様子が拒否しているというように幸人には見えたのだろう。

「ごめんな。無理言った」

そっと慈円の体から離れようとする。

慈円は、はっとして、思わず幸人の腕を掴んだ。

「ち、違うんです……違う……」

そう言って、背伸びをし、自分から幸人にしがみついて唇を合わせた。

幸人にぐっと体を引き寄せられ、合わせた唇は深い口づけに変わる。舌を舌で搦《から》め捕られ、唖内《こうない》を貪《むさぼ》られた。厚ぼったい唇が慈円の薄い唇を食《は》み、歯の裏から口蓋《こうがい》まで、あますところなく蹂躙《じゅうりん》する。

口づけに、夢中になった。

どれだけの間口づけていたのかわからないほど、長い時間だったような気がする。ゆっくりと顔を離されて、慈円はぼんやりとした目で幸人の唇を眺めていた。

あの唇が自分に口づけていた——。

「もっとしたい」

幸人がとろりとした目で慈円を見てくる。

もっと、というのは……と、慈円はこの先のことを思い浮かべてごくりと唾《つば》を呑《の》んだ。

なんとなくだけれども、同性同士でどうするのかは慈円だって知っている。いくら奥手といっても、それなりの知識はあった。

慈円が拒まずにいると、幸人の手が伸びてきて頬に触れる。また唇が重なって、そのまま纏《もつ》れるようにソファーの上に倒れ込んだ。

慈円はまるでフィギュアかなにかのように体を固くしていた。自分から幸人へキスしたくせに、恥ずかしくて頭が爆発しそうだった。

「大丈夫だから」

慈円のシャツのボタンを幸人はひとつずつ外していく。やがて露《あらわ》になった鎖骨や薄い胸に幸人は唇を押しつける。

「あ……」

人に服を脱がされるのがこんなにも恥ずかしいなんて。

慈円は両手で顔を覆う。自分がどんな顔をして服を脱がされているのか、見られたくなかった。

「怖くないから、力抜いて」

幸人は慈円のジーンズを下ろすと、マッサージするように彼の手が太腿《ふともも》の皮膚の上をゆっくりと撫で擦《さす》っていった。頬に、唇に、やさしく口づけ、そうして慈円の体の強《こわ》ばりを解いていく。

慈円の力が抜けたところを見計らったかのように、幸人は慈円の膨らみかけている場所へ愛撫《あいぶ》の手を伸ばした。

けれど、そこに幸人の手が触れた瞬間、慈円は再び体を硬直させてしまう。

「大丈夫……恥ずかしくないって。気持ちよくなっていい」

幸人は慈円にそう言い聞かせ、下着の上からそこを擦る。

「だっ……はずか……し……」

「恥ずかしいことなんかない。みんなやってることだ」

幸人は下着の中から慈円のものを取り出し、直接触れた。

普段から、自慰だってあまりしないのに、幸人にそこを握り込まれて、どうしていいかわからなかった。下着も剝《は》ぎ取られ、陰嚢《いんのう》を揉《も》まれ、裏筋を擦られる。そうして彼は根気よく慈円に愛撫を施した。

「や、あ……あ、やだ……っ」

これまでの自慰で感じたことのない、凄《すさ》まじい快感に脳髄まで痺《しび》れてしまう。逃げることすらできず、ただ幸人にしがみつく。

わなわなと体が震え、どうしようもなく腰を揺らした。

「慈円、可愛い……。あんたホントに可愛い」

そんなふうに耳元で囁《ささや》かれ、耳まで溶けてしまいそうになって、自分でも驚くくらい甘い声をこぼす。

「あ、あ……んっ……」

慈円のペニスはすっかり勃《た》ち上がって、先っぽからは蜜《みつ》が溢《あふ》れ出していた。もう恥ずかしくてたまらず、慈円は固く瞼《まぶた》を閉じている。

すると慈円のペニスに熱い塊が触れた。

「……っ」

なに、と思って目を開け、自分のペニスに触れているものを目にする。それは幸人のペニスだった。慈円のものよりも大きく、逞《たくま》しい。すっかり猛《たけ》りきっている彼のものを慈円のものに重ねて一緒に握り込んでいた。

「触ってくれるか」

慈円の手を取って、そこに導く。

慈円が彼のペニスに触れると、それは生き物のようにビクビクと動いた。

手と手が重なり、互いのペニスを一緒に扱《しご》き合う。ぐちゅぐちゅとふたりの先走りで濡《ぬ》れた音が響いて、いやらしい。

すごく、いやらしいことをしている。その後ろめたさにまたひどく興奮した。

さらに体を抱き起こされ、今度は幸人に跨《また》がるように座らされる。より体が密着しているせいか、どこもかしこも熱くてたまらなかった。

ペニスを扱き合いながら、幸人は慈円の首筋を唇で吸い、耳朶《じだ》を噛む。

「んっ……う、んっ……」

ふたりのくぐもった喘《あえ》ぎ声と、荒い息が重なり合っていた。

「……我慢しなくていい……このまま出しちゃいな」

追い上げられて高みに上り詰める。このままでは幸人の手を汚してしまう。

「や、ダメっ……！　いけません……っ、あ、あ、アアッ」

幸人の指で先っぽの割れ目をぐりっと抉《えぐ》られ、その激しい快感に身をくねらせて慈円は達してしまう。ほぼ同時に幸人も達し、それぞれのペニスからびゅくびゅくと吐き出される白濁が混じり合った。

「あ……あぁ……」

慈円は自分の放ったものが幸人の手を汚してしまったと、茫然《ぼうぜん》とする。

「……ごめ、……幸人さ……」

そんな慈円に、幸人は安心させるように何度もキスをくれた。

「お互い様だろ。……気持ちよかったか？」

気持ちよかった、というどころではなかった。体に走った快感が強烈すぎて、どうにかなりそうだ。あんなことまたされたらおかしくなってしまう。

今だって、まだ体の奥がぐずぐずになっている。

体だけじゃない。心も甘くてとろとろに溶けそうになっていて、今触られたら自分が自分でなくなるかもしれない。

慈円は答えに詰まって、ぎゅっと目を閉じてしまう。そんな慈円を見て、幸人はくすりと笑っていた。


泊まっていくか、と聞かれたが、これ以上一緒にいたらどうしていいのかわからなくなる。そう思って首を振った。

「それじゃ、送っていく」

幸人がそう言ったが、慈円は断った。

慈円を送る間に、真紘が起きてしまったらと思ったのだ。目を覚まして幸人がいなければきっと心細くなる。大人の自分でも、あんなふうに暴力を受けたことで心に傷を負った。

思い出すだけで怖いし、また彼らに出くわしたら……そう思ってしまう。だから本音を言えば誰か側にいて欲しい。

慈円でさえそうなのだから真紘のような小さな子なら、なおのこと——幸人はここを離れるべきではない。

「タクシーで帰ります。俺なんかより真紘くんの側にいてあげてください。すごく怖い思いをしたんです。今熟睡していても、怖い夢を見て起きてしまうかもしれませんし」

「ああ、そうだな」

わかった、と代わりにタクシーを呼んでくれた。

マンションの前でタクシーに乗る。その直前に慈円は幸人に深々と頭を下げた。

「今日は、本当にありがとうございました」

幸人は慈円の頭に手をやり、髪の毛をぐしゃぐしゃと掻《か》き混ぜる。

「シャインブルーだからな、俺は。——助けが必要なところには駆けつけるさ」

茶化したような口調で言われて、そのセリフはうれしいはずなのに、どうしてかショックでならなかった。

ショックを受けたことを悟られないように、慈円はぐっと堪《こら》えて笑顔を作り、もう一度ぺこりと頭を下げて車に乗り込んだ。バタン、とドアが閉まって、車が走り出す。後ろを振り返ると、幸人がまだそこに立っていた。

自分でも幸人のセリフになぜショックを受けたのか、よくわかっていなかった。

彼は慈円に、そう言えば今日のことを慰められると思ったのだろう。慈円の大好きなシャインブルーにそんなことを言われたら、うれしいに違いない、きっとそう考えたはずだ。

多分――以前の慈円なら、その言葉を聞いただけでうれしくて舞い上がっていた。

けれど、今慈円はなぜか苦しくて仕方がない。

あの言葉は、幸人として慈円を助けてくれたわけじゃなく、誰にでも同じように助けるみんなのヒーローだから助けて当然だった、というように聞こえた。実際幸人なら慈円じゃなくても助けていたに決まっている。

考えてみれば当たり前のことだ。自分だけが特別じゃない。あんな目にあっている人がいたら誰にでも同じことをする。

(俺は……なにを贅沢《ぜいたく》なことを考えているんだろう)

慈円だけを守ってやる、という言葉を無意識に期待していた。

それは自分が幸人に特別扱いされたいということに他ならない。

キスしたけれど、それ以上のこともしたけれど、そして好きと言われたけれど、それは果たしてどのくらいの《好き》なんだろう。

まだ幸人の中に、トモという真紘の父親が棲《す》みついているのはわかっている。自分はきっとそのトモ以上の存在にはなれない気がする。

真紘がいる限りきっと――。

これは執着だ。執着は憎しみに繫《つな》がる。憎しみを覚えることを仏教はよしとしない。仏の説く慈愛に反する感情であるのだから。特に出家している自分にはよけいにあってはならない感情だった。

このまま幸人といたら、自分は欲をかいてしまう。幸人に愛されたくなって、幸人を欲して、そして束縛してしまいかねない。さらにトモに嫉妬《しっと》して我を忘れてしまうかもしれないのだ。

それは僧侶としては失格と言えるだろう。

（いけない……こんなのいけないことだ……）

慈円はタクシーの中で、ずっと睫毛《まつげ》を伏せていた。

「じえんせんせい、おはようございます。ペン太くんもおはようございます」

月曜日の朝、週末にあんなことがあったにもかかわらず、真紘はいつもと同じように元気に登園してきた。

慈円はというと、あれからまるで眠れなくて、そして自分の煩悩を打ち消すように必死で寺の本堂から、庭掃除から、隅々まできれいにしたもののまるで気が晴れないでいた。

「おはようございます、真紘くん。……幸人さんも」

真紘の隣にいる幸人に慈円は挨拶する。ただ、まともに顔を見られなくて、終始俯《うつむ》き気味だったが。

「どうした？　元気がないみたいだけど」

「そ、そうですか？　あ……ちょっと頭痛がするせいでしょうか。大したことはありませんが」

咄嗟《とっさ》に嘘《うそ》をついたが、頭痛なんかしていない。けれど、ごまかすように慈円はそんなふうに幸人に言うしかなかった。

「大丈夫か？　風邪《かぜ》ひかせちまったか……？」

慈円の顔を覗《のぞ》き込みながら、幸人は聞く。あの夜、ほぼ裸になっていたから、風邪をひいたのかと心配しているらしい。

「い、いえ。風邪じゃないと思います。大丈夫です。それより……早くなさらないと、お仕事遅れますよ」

「あ、ああ。……じゃ、無理するなよ」

「はい。ありがとうございます。……いってらっしゃい」

慈円は幸人を見送り、真紘を担任の先生へ引き渡す。

誰もいなくなった後、ひとり、ふうと重い息をついた。

頭痛、と幸人に嘘をついたら、本当に頭痛がしてくる。病は気から、というのは本当のようだ。だんだんと気分が悪くなってきた。胸はつかえているように思えるし、息苦しくもある。心なしかぼんやりしてなにも考えられなくなっていた。

「慈円先生？」

これは真紘のクラスのサトミ先生の声だ。はい、と振り向こうとしたとき、ぐらりと目眩《めまい》がした。

「あ……れ……？」

体から力が抜けていき、目の前が真っ暗になる。キャー、という声が聞こえてどさりとその場に倒れ込んだ。

「ちょっと、慈円！　倒れたって聞いたけど」

大地が慈円を訪ねてやってきた。

慈円は今朝《けさ》、幼稚園で倒れ病院に運ばれた。ひどい高熱だったようで、周囲は一瞬騒然としたらしい。しかし診察の結果、特に異常も見られず熱の原因も――。

「心配かけてごめん……。あ、ごめん。そこのマグカップ取ってくれる？」

慈円の頼みに大地はマグカップを手に取った。そのマグカップは幸人にもらったものだ。大事なカップには今、たっぷりと白湯《さゆ》が入っている。

「ほらカップ――っていうか、謝ることじゃないわよ。どうしたのよ」

「う……ん。……ストレスからくる熱だろうって」

カップに入った白湯をちびちび飲みながら、慈円は返事をした。

ストレスによって発熱することがある、と医師には言われた。思い当たることはありますか、と問われ慈円は考え込んでしまった。

「ストレス⁉」

大地は驚いたような声を上げた。うん、と慈円はベッドの中から小さく返事をする。

熱はまだ下がらない。けれど、食欲もあるし熱以外に悪いところもない。今朝、頭が痛かったのは、熱のせいだったようだ。

「ストレスねえ……。あんたがストレス……。ねえ、なんかあった？」

大地が怪訝《けげん》そうな顔をして聞いてくる。

慈円の胸の中はもういろんなものでいっぱいになって、膨らみきった風船のようにパンパンになっていた。これ以上詰め込んだら、大きな音を立てて爆発してしまいそうだ。

「大地……あのさ――」

慈円は大地にすべてを話した。真紘のことも、真紘の両親のことも、それから週末の出来事もなにもかも。

「あんたね……気づかなかったの？　それって恋じゃない」

大地が呆れたような、けれどやさしい笑顔で慈円を見る。「バカね」と言いながらゆっくりと慈円の頭を撫でた。

「恋……？」

オウムのように聞き返すと、大地は「そうよ、恋」とにっこり笑った。

「やっと、あんたも恋できるようになったのね。っていうか、最後までヤってないにせよ、一人前のことまでしちゃって。……ね、あんたの幸人さん、どうだった？」

にやりと笑われる。

「ど、どうって……」

「アソコよ。大きかった？　ちょっと教えなさいよ」

「あ、アソコって……ちょっと……大地そんな……」

「いいじゃないよ。減るもんじゃあるまいし。ちょっとくらい教えてくれても。まあ、でかそうよね。体も鍛えてるし、体力も精力もありそうだわ」

「大地！」

露骨な下ネタ話になって、慈円は恥ずかしくなる。

けれど——と、慈円はあのときのことを思い出す。大地の想像どおり幸人のものは大きくて、逞しくて、そして……。

真っ赤になっている慈円を見て、大地がゲラゲラと笑った。

「冗談よ、冗談。……まあ、よかったわ。あんたもちゃんと恋できてるじゃない。好きなんでしょ？　幸人さんのこと。あんた自分のことを特別に見てもらいたい、って思ってんでしょ？」

「うん……」

「そういうのをね、恋っていうのよ。よかったじゃない。幸人さんも、あんたのこと好きだって言ったんでしょ？」

「うん……」

「だったら、素直に胸に飛び込んじゃえばいいじゃない。あんたがずっと憧《あこが》れていた人よ。ラッキーってなもんでしょ。なにそんなに考え込んでんのよ」

慈円がなぜ悩んでいるのかわからない、というような顔をして大地が言った。

大地の言うことはもっともだ。しかし、慈円には素直に飛び込めない理由がある。

「あのさ、大地は、たとえばつき合っている人がずっと過去を引きずっていたらどう思う？」

慈円の問いを聞いて、大地が「ああ」とどこか納得したような声を出した。

「ね、もしかしてだけど、真紘くんのお父さん、あんたさっききさらっと幸人さんの親友、としか言わなかったけど本当はつき合ってたわけ？」

「ううん。そうじゃないみたい。……でも、幸人さんは真紘くんのお父さん――トモさんっていうんだけど、その人のことをずっと好きみたいだった。多分……今でも」

慈円は以前幸人がトモのことを語ったときに見せた、やさしくてせつない表情を思い出していた。あんな顔を見たら、とても彼らの間には入り込めない。

それを言うと、大地は慈円をぎゅっと抱きしめた。

「そっか……だからあんたは熱出しちゃったのね。いっぱい悩んじゃったんだ。……はっきり気がないって言われるほうがまだ楽だったかもしれないのかな。でも、本当にそれでいいの？　だって、好きって言ってくれたんでしょ？　あんたのこと好きって言ったんでしょ？」

「それはそうだけど。でもあれは……」

慈円を可哀想《かわいそう》に思ったから、やさしくしたくなったのかもしれない。

サスペンス映画を一緒に見るとパーソナルスペースが縮まって、より親密になるという研究結果もあるようだし、不安と縮まった距離感が彼を誤解させていたということもある。

「考えすぎじゃないの？　まったくこれだからコミュ障は」

「でも……トモさんのことだけじゃなくて、真紘くんのこともあるし。たとえつき合ったとしても、あの子がどう思うのかなって。そういうの考えはじめたら眠れなくなったんだよね」

トモのことだけではない。幸人には真紘がいる。自分と幸人がつき合うことになったとしたら、果たして真紘は自分を受け入れてくれるのかどうかもわからない。今は、慕ってくれているが、幸人とつき合うことで拒絶されたら、とか、幸人と真紘の仲にひびが入ったら、とか、そんなことを考えると、浮かれておいそれとつき合うわけにはいかなかった。

はじめての恋なのに――どうにもならない。

「諦められるの？」

大地が真顔で聞いてくる。

「……諦めるしかないじゃない。だって、他の人のこと思ってるのに、俺のことも好きって……わけわかんない」

「そうね……。あんたが諦めるっていうなら、仕方がないと思うわ。アタシにはなにも言う権利はないもの。――それはあんたが決めることよ」

大地が慈円から体を離し、ポンポンと頭を叩いた。

「ま、初恋って実らないって相場が決まってんのよ」

そう大地は慰めにもならないことを言う。幸人からもらった大切なカップを握りしめるように持ちながら、慈円はぼろぼろと涙を流して泣いた。


数日間、熱を出し続け慈円は寝込んでいた。

その間、ずっと考えるのは幸人のことばかりだったけれど。

そうしてやっと回復して、いつものように朝、園の前に立つ。

「おはようございます。真紘くん、幸人さん」

登園してきた真紘に慈円は静かに頭を下げる。

「じえんせんせい、ごびょうき、もうよくなりましたか？」

「うん。ごめんね、心配かけて」

慈円は真紘に向けてにっこりと笑う。

寝込んでいる間、真紘は慈円に何通も手紙を書いてくれた。それはすべて、慈円を心配する気持ちでいっぱいの手紙だった。

そしてその手紙が慈円に、幸人に向き合う決心をさせた。

「もういいのか？」

幸人が慈円に訊《たず》ねる。真紘同様慈円を心配するような顔をしている。

「はい。いろいろ……ご心配をおかけしました。熱も下がりましたし、大丈夫です」

ふわりと慈円は笑顔を見せ、それからきゅっと唇を引き締めた。

「お話があります」

幸人に向かって慈円はそう言った。

「ん？　なんだ？」

「その……真紘くんのことなんですが」

「真紘？　なに？」

「申し訳ないのですが、当分おうちにお邪魔したり、真紘くんをお預かりするのをやめてもよろしいでしょうか。……ごめんなさい」

それを聞いて、幸人は驚いているようだった。

「それは別に……構わないが、理由は……？　聞いてもいいか」

「真紘くんをまたあんな目にあわせたら、と怖くなってしまって……。勝手なことを言ってすみません」

慈円の言葉を聞いて、幸人は考え込むような素振りを見せた。そうして顔を上げて慈円の目をじっと見つめる。

「なあ。俺があんなことしたからか、無理やり」

「違います。あれは……私も……私からしたことです。ですから、そのせいではないんです。本当に……」

「……そう、か」

「ごめんなさい。真紘くんになにかあったら、と思うと……」

慈円はごめんなさい、と言い続けた。

「そうだな。あんたも怖い思いをしたんだし……悪かった。わかった、真紘には俺から話してておくから」

幸人はまだなにか誤解したままのようだったが、静かな声でそう言った。

「あの」

「なんだ？　まだなんかあるのか」

「……あの、まだ友達でいてもらっても——」

いいでしょうか、という言葉はごく小さなものになった。

自分勝手な言い草だということは慈円自身よくわかっている。これで嫌われても仕方がないとも。

「ああ。……もちろん」

幸人が微笑《ほほえ》んで返事をした。その笑顔がとてもやさしくて、泣きそうになってしまう。

——やっぱり……好き。

この人のことが好きだと慈円は思う。

見ているだけでいいから、側にいたい。

もしかしたら、トモが生きていたときの幸人も似たような感情だったのかも、と慈円はふと思う。

見ているだけで、側にいるだけで、それでいい。繋がりだけ残っていたらそれでもう十分だった。

数日後の朝、真紘が幸人に送られて登園した後、しばらくしてから声をかけてきた。

「じえんせんせい」

いつもなら幸人が立ち去ると自分の教室へまっすぐ向かうのだが、今日は違った。

「どうしたの？」

「幸人、このごろげんきがないんです」

真紘はじっと慈円を見つめている。

「元気がないって……どうして？」

「わかりません。じえんせんせい、幸人とけんかしましたか？」

「ううん。喧嘩《けんか》……していないけど、どうかした？」

「そうですか……。じえんせんせいのことをきくと、幸人はなにもきくなっていうから。でも、そのあといつもずっとためいきをついているんです」

真紘から見ても元気がないとわかるほど、幸人の様子がおかしいと言う。

この間慈円が真紘を預かれないと言ったことで、彼の気を悪くさせてしまったのかもしれない。だとしたら謝るべきなのか。

「幸人、きのうはおしごとでけがしてきたし」

「怪我!? 大丈夫なの？ さっき送ってきたときにはそんなことひと言も――」

言いかけて、慈円は口を噤《つぐ》んだ。

彼を拒んだのは自分だ。だからそれ以上口出しできる筋合いはない。

「こみやさんが、幸人はめずらしくぼーっとしていた、っておしえてくれました。けがはすりきずだけで、なんでもないみたいです」

それを聞いてほっと胸を撫で下ろす。大事にならなくてよかった。とはいえ、真紘はきっと心配だったことだろう。

そういえば、こみやさん、という名前を真紘の口から聞いたのは二度目だ。

一番はじめに聞いたのは、はじめて彼らの家に行った日。懐かしい気持ちがふわりと浮き上がる。

彼に会って、ちゃんと様子を見たいと思ったが、会えば自分の心が乱れてしまう。一瞬、後でメッセージを送ってみようか、と考えたが、迷惑かもしれないとやめることにした。

「じえんせんせい、もうあそびにきてくれないんですか」

真紘が眉《まゆ》を寄せて、寂しそうな顔で聞く。

「ごめんね。しばらく忙しくて行けないんです。お遊戯会がもうすぐあるでしょう？　その準備をしなくちゃいけないから」

それは本当だ。

もうすぐクリスマスだが、ここはお寺の幼稚園なので、いわゆるクリスマス会というものはない。が、その代わりにお遊戯会というものがある。

それぞれのクラスの出し物の練習は既にしているが、最後に園児全員で踊る演目がまだ決まっていない。意見が割れてなかなか決まらないのだ。

出し物が毎年マンネリになってきているし、ここは新しいものを、と言う先生もいれば、定番は安心して教えられる、と言う先生もおり、調整が難しい。ほぼ女性だけの職場ということもあって、慈円がどちらか片方の意見に賛成するというのは職員の輪を乱しかねなくて、口出しもできないでいた。

「そうですか……」

しょぼん、としょげた様子の真紘に慈円の胸が痛む。

以前のように、なんのわだかまりもなく笑って会えたらいいのに。

だが、幸人に会えば、真紘の後ろにトモの影を見てしまい、もう亡くなった人に嫉妬してしまう醜い自分と向き合うことになって、自分の至らなさに打ちのめされる。

真紘に罪はないだけに申し訳なくて、慈円は「ごめんね」と謝ることしかできなかった。


土曜日、慈円は母親に頼まれて、大地のところにぬか漬けを持っていった。

大地の店で出すお新香は、慈円の母親が漬けている。いつもは大地が取りに来たり、慈円の母親が持っていったりするのだが、家でぼんやりしている慈円を見かねて母親が届けるようにと命じたのだ。

通用口から開店前の店に入っていくと、大地がランチの準備をしている。

「大地、お新香持ってきた」

慈円が声をかけると、「あ、こっち持ってきて」と厨房《ちゅうぼう》へ来るように言う。

「ここ置いとくね」

作業台の上に置くと、「ありがと」と鍋《なべ》と格闘している大地が言った。

「さて、できた、っと。ちょっと慈円、これ味見してくんない」

小皿を差し出され、慈円が受け取る。ポタージュスープのようだが、と思いながら口にした。

「大地、これゴボウ？」

「そ。ゴボウのポタージュ。今日のランチに出そうと思うの。ちょっと和風でしょ。これと五目豆とカジキのカレー味の竜田揚げ、とお新香ね。どう？」

「美味しい。ゴボウってポタージュになるんだ」

「そうよ。和風にしたかったから、タマネギじゃなくて、長ネギ使ってね。隠し味にほんのちょっぴりだけお醤油《しょうゆ》。イケるでしょ？」

大地が得意げになっているのももっともだ。これは美味しい。今日は寒いからポタージュはきっと客が喜ぶだろう。

「うん。これすごくいいと思う」

「そ。よかったわ。あんたお腹空《す》いてない？　ちょっと早いけどご飯食べていく？」

時計を見ると、十一時を数分回ったところだった。大地の店は十一時半に開店だから、まだ少し時間がある。

今朝は食欲がなくて、ろくに朝食も食べられなかったから、正直なところを言えば少しお腹が減った。ポタージュの味見で、いくらか食欲は戻ったらしい。

「そうしようかな。今日も午後からお遊戯会の準備があるし、今のうちに食べておく」

「わかった。じゃ、こっち座って」

カウンター席に促されて、慈円は言うとおりに座った。すぐにプレートにのった、できたてのランチが目の前に置かれる。

「いただきます」

慈円は早速カジキの竜田揚げを口にした。ほんのりとしたカレー風味がご飯と合う。

美味しい、と大地に言いながら、箸《はし》を進めていた。

「ねえ」

半分ほどを食べたところで、大地がじっと慈円を見つめて声をかけてきた。

「なに？」

「あんたたち、どうしたのよ」

「あんたたち……って？」

聞き返すと大地は、「あー、もう」と大きく溜息をつく。

「あんたとシャインブルーよ！　なんなの、まったく」

幸人がどうかしたというのか。慈円は箸を止めた。

「幸人さんになんかあったの」

「なんかあった、じゃないわよ。なんなのあんたたちは。どっちも辛気くさい顔して。アタシはね、みんながニコニコするようなご飯を出したいと思ってんのよ。なのにあんたもシャインブルーも、うちでどんより葬式みたいな顔でご飯食べて。あんたもだけど、あっちは相当重症ね。おチビちゃんまで沈んじゃって大変よ」

おチビちゃん、と大地が呼ぶのは真紘のことだろう。真紘まで沈んでいるのか、と慈円は気になった。

「真紘くんも……？」

「そうよ。シャインブルーがずうううっと元気ないもんだから、あの子までしょんぼりしてんのよ。どうなっちゃってるわけ？　あのままだとあのふたり病気になっちゃうわよ」

じろり、と大地は慈円を睨みつける。そんなこと言われても……と慈円は口ごもった。

「なにがあったの？　あれから」

「……なにもないよ。ただ、もう幸人さんちには行けないし、真紘くんも預かれないって言っただけ。……それだけ」

ぼそぼそと口にすると、大地は「本当に？」と念を押すように聞き返した。

「ホントだって。あんなことあった後だから、俺、やっぱオタクだし、一緒にいたらまたああいう高校生とかヤンキーとかに絡まれて、真紘くんを怖い目にあわせそうだし。で、当分無理です、って言っただけ」

慈円の言い分を大地は渋い顔をしながら聞いていた。

「本当にそれだけなのね？」

「大地に嘘なんか言わないよ」

「そう……。ねえ、慈円、あんたはシャインブルーには忘れられない人がいるから、って身を引くことにしたのよね？　この間の話はそうだったでしょ」

大地に聞かれ、慈円は「うん」と頷《うなず》いた。

「……アタシ思うんだけど、シャインブルーのあの様子って、絶対あんたに避けられているることがショックだとしか考えられないのよね。あんたはさ、誰かと深い関係になったことはおろか、人づき合いだってろくに構築してこなかったから、腰が引けるのもわかるんだけど、でも……でもよ？　でも、やっぱりシャインブルーはあんたのこと本気で好きだと思うのよ。じゃなければ、あんたみたいなクッソ面倒くさい人間とどうこうなろうなんて思わないと思うのよね。美形だけどディープなオタクで、しかもこじらせた童貞を」

相変わらず好き放題言われているが、慈円はおとなしく聞いていた。

「でも……」

「でも、もクソもないわよ。あー、めんどくさい。あんたたちのそれって、両思いってことじゃないのよ。どっちか動けばどうにでもなって、ハッピーエンドじゃないの。もう、やってらんないわ」

そうは言われたものの、慈円は及び腰だった。自分から身を引いた以上、やっぱりナシにしてください、なんて言えるはずもない。それに大地は軽くハッピーエンドと言うけれど、そうじゃなかったらと思うと、勇気など出るはずがない。

いつまでもいじいじしている慈円の様子に大地はうんざりとしているようだ。

「なに、うじうじしてんのよ。ホント焦《じ》れったいわね。あんたこのままでいいの？　あんたがひと言好きだって言えばお終《しま》いの話じゃないの。好きなんでしょ？」

「好きだけど……」

「だけど、なによ。ぐずぐずしてないで、今すぐアタックしてきなさいよ。それともあんた一生童貞……いや、この場合あんたがシャインブルーに突っ込むってのは、考えづらいし……処女かしらね。ま、なんでもいいけど、とにかく誰の体も知らないままジジイになりたかないでしょ。せっかく兜合《かぶとあ》わせまでしたってのに、あと少しじゃない。それともうセックスは嫌？」

露骨な言葉に慈円の顔は真っ赤になった。

「せ、せ、セックスって……！」

「なに言ってんのよ。大事なことでしょ。あんた、彼とセックスしたくないの？」

セックス、と言われて、慈円は幸人としたことを思い出した。

直接肌と肌を触れ合わせる行為……幸人とは互いの性器も擦《こす》り合わせるということまでしてしまった。

あれはまるで大地が作ってくれたことのあるフォンダンショコラのようだった。体の中心から熱くなって、その熱で体がとろとろに溶けていく。熱くて甘くて、蕩けてしまう。

今だって、思い出しただけであのときの感触が蘇《よみがえ》るような気がする。

「顔、赤いわよ」

「だって……大地が変なこと言うから、思い出しただろ。……幸人さんに触られたとこ疼《うず》いちゃうし……大地のバカ」

「なにが疼いちゃう、よ。そんなことまで知らないっつの。そんなに疼くんだったらバイブでもオナホでも買ってくればいいじゃない！　じゃなかったら、本人に『セックスして！』って言いに行けばいいだけでしょ。あんたの性欲処理はアタシの担当じゃないからね。っていうか、あんたら傍《はた》から見てたらただのバカップルの痴話げんかにしか見えないわ。好きなら、自己完結してないでさっさとセックスでもなんでもしてらっしゃいよ！」

呆れ果てた大地が、これ以上ないいげんなりとした顔をする。

「う……」

言いたい放題大地に言われたけれど、気持ちは滅入るだけだ。

「あんたはただ臆病風《おくびょうかぜ》に吹かれてるだけなのよ。ちゃんとシャインブルーと話してきなさい。ひとりで完結してたってなにもいいことなんかないのよ。恋愛はひとりでするもんじゃないいんだからね」

大地の言うとおりにできたらどんなにいいかとは思うが、この年まで恋など知らずに生きてきたのだ。初めての恋に戸惑っているのもあるし、なにより傷つきたくなかった。

大人になってからの初恋なんて、たちが悪い。

傷つきたくない。だって、今まで恋で傷ついたことがないのだから。傷つくのが怖くて恋ができないのだ。

ランチプレートの残りを食べて、慈円は大地の店を後にした。


「疲れた……」

慈円はぐったりしながら、ベッドの上で呟《つぶや》いた。

お遊戯会の準備で体力も気力も根こそぎ奪い取られてしまっている。

大地の店を出た後、先生たちとお遊戯会で使用する小道具を夕方までひたすら作り続けていたが、まだまだ終わったとは言えない。明日の日曜もまた続きをやらなければならなかった。

お遊戯会まではあと二週間。

しかし、最後の演目について、この期に及んでもまだ揉めていた。

というのも、園児のリクエストがあって、放映中のシャインレンジャーダブルエックスのエンディングはどうかと提案があがったが、特撮をあまり快く思わない先生もおり、なかなか決定ができない。

キャラクターがダンスを踊っている楽しいエンディングだし、なにしろ人気番組だ。休憩時間には歌を口ずさみながら踊っている子も数多くいるくらいである。けれども、一部の先生や保護者が首を縦に振らない。

だが、いい加減決定しなければラストの演目はなしということになってしまう。園児全員で踊るのを皆楽しみにしているのだ。なしというのだけは避けたかった。

だから慈円はとうとう口を出した。

本当は口を出すつもりはなかったのだが、決まらない以上は仕方がない。

自分はシャインレンジャーを見たが、暴力ですべて解決するわけではない、と訴える。

子どもたちに人気があるのを頭ごなしに決めつけることは、大人の傲慢ではないかと強く言った。

いつもおとなしい慈円が、そんなふうに激しく主張するのは珍しく、周囲の先生たちは驚いていたようだったが。

特に反対している先生には、「先生も一度きちんとご覧になってください」と、シャインレンジャーの内容とそこに描かれているのが、友情と信頼、そして困難に諦めることなく立ち向かうまっすぐな気持ち、ということを力説した。それで「慈円先生がそうおっしゃるのなら……」と、しぶしぶではあったけれどなんとか説得し、ようやく決まったのだった。

「めちゃくちゃ疲れた……」

昔から正義の味方になりたくて、自己流で修業をしていたわりには、慈円はそもそも自己主張がないほうだ。人の意見に流されることも多く、頼りないと両親はきっと思っているだろう。

だから今日のように、自分の意見をはっきり主張するということは滅多にないことだった。いつも一歩引いた態度を取っていて控えめだという印象の慈円が熱く語ったことで、皆気圧《けお》されたようになっていた。

とはいえ普段使わないエネルギーを使ってしまって、慈円は疲れ果てていた。

なにもする気が起きず、ベッドの上でスマホを弄《いじ》る。

いつも見ているサイトも今日は大して興味をそそらない。ぼんやりしながら、ブラウザを閉じようとしたところで、不意に大地に言われたことを思い出した。

――バイブでもオナホでも買ってくればいいじゃない！

「バイブ……オナホ……」

そもそも慈円はそういうものが存在していることは知っていても、実物を見たことがない。お世話になろうとも思っていなかったから、目に入ることもなかった。

すう、と大きく息を吸う。

そうして、閉じかけたブラウザから検索エンジンを呼び出した。

たった三文字のカタカナを検索窓に入力して、出てきた検索結果に目を丸くした。

「え……こんなにあるの」

部屋には慈円ひとりしかいないのに、ドキドキしながら、オナホを作っている会社のサイトを舐《な》めるように見たり、レビューを見たり、そして通販サイトも見てしまう。

「どうしよう……これ……気持ちいいのかな……」

画面に映っている、色鮮やかで一見そういう目的には使うようには見えないフォルムのそれを、慈円はじっと見つめていた。

これを使って、自分を慰めたら、あの日幸人に触れられたときと同じ気持ちが味わえるだろうか。

「ま、待て……待てって、俺。ダメだって」

ぶんぶんと頭を振って、その画面から目を逸《そ》らそうとした。そのとき、通販サイトによくある《これを買った人はこんなものも買っています》という、お勧めの商品の画像が目に入る。慈円はその中のひとつに目を奪われた。

「なんだろ、これ」

なにやらイルカのフォルムを模したような流線型の形状だ。そしてそこから、くるっと細い蔓《つる》が伸びた妙な形をしている。慈円はその画像を指でタップし、その商品説明を読んで茫然としてしまった。

「お尻の中に入れるやつだ……」

慈円が見たのは、いわゆる前立腺《ぜんりつせん》マッサージに使用する器具だった。

そして再び、大地の言葉を思い出す。

——あんた、彼とセックスしたくないの？

幸人とセックス——。

この前彼としたことの先がまだあるのだ、と慈円は自分の拙《つたな》い知識を思い起こして顔を赤らめた。男性同士のセックスが尻の穴を使うことは承知している。そして目の前の画面にあるものは、尻の穴に入れて快感を促すものだ。

さらにお勧め商品の画面を見てみると、男性器を模したディルドやバイブなどがずらりと並んでいる。

中には幸人の性器を思わせるような、生々しい色や形状のディルドもあって、慈円はいつしか食い入るようにそれらを見つめていた。

「やっぱ……俺が入れられるほうだよね」

慈円は自分の尻へ手を伸ばす。幸人に自分のものを入れるのはまるで想像ができない。けれど、自分が彼に押し倒されるシチュエーションはなぜか容易に想像ができた。

ベッドにスマホを置き、自分の尻を手のひらで触りながら、空いた手でスマホの画面を操作する。ついつい後ろを使ったセックスについての検索に夢中になってしまう。

ネットに上がっているＡＶのサンプル映像だけでも、慈円には十分刺激的だった。睦《むつ》み合っているカップルはとても気持ちよさそうに声を上げていて、その映像に自分と幸人を重ね合わせる。

男の尻が割り広げられ、慈円の目の前に尻穴が露になった。ひくり、と蠢《うごめ》かせる穴に、もうひとりの男がペニスを扱きながら先を擦りつける。そして、ぐい、と腰を進めた。

「えっ、えっ、そんな大きいの入っちゃうの……？」

尻の穴にずぶずぶと入り込んでいく大きなペニスと、それがうれしいとばかりに声を上げて自ら腰を振る男。あんな小さな穴に太い棒のようなペニスが入るなんて、と映像を見ながら、慈円は衣服越しに自分の尻を撫で回していた。

「……入るのかな」

ぼそりと呟いた。指一本くらいなら、いけるだろうか。

ネットの記事を見ると、尻の穴を使ったオナニーのことをアナニーというらしい。風俗でも前立腺マッサージというものがあるし、お勧め商品にあったようなディルドを中に入れるのは無理としても、指なら大丈夫かもしれない。

「お風呂《ふろ》……行こ……」

オタクでコミュ障の慈円は妄想力だけは抜群だ。オナホを通販して、前を慰めるよりもきっと後ろを弄ったほうが、幸人とのセックスに近い気分を味わえるに違いない。

自慰を仏教は否定していない。

幸人を前にして執着を覚えるくらいなら、幸人とのセックスを妄想しながら自慰をしたほうが、自分も幸せな気持ちになれるし、幸人にも迷惑をかけることはない。

（思うだけなら……迷惑かけないから……）

せめて妄想の中でだけ、幸人とセックスしてもいいだろうか。

本当は専用のローションがあればいいらしいが、そんなものは持っていない。仕方なく代用品として愛用のハンドクリームを手にし、慈円は風呂場へと急いだ。

ネットの記事にあったとおり、シャワーで後ろをきれいにする。爪《つめ》は坊主という職業柄、常日頃から短く切りそろえているので、手をしっかり石けんで洗うだけにした。それからしゃがみ込んで心臓をドキドキさせながらハンドクリームを指にまぶす。

（……だ、大丈夫かな……指……）

子どもの頃、熱を出したときに解熱剤の坐薬《ざやく》を尻に入れたことがある。あの坐薬は少し細い指くらいの太さだった。だからきっと指一本くらいなら平気だろう。そう思いながら、尻に手を伸ばした。

息を大きく吐きながら指を穴にあてがう。

「……っ」

ぬぷ、と思ったよりも簡単に、尻の穴は慈円の指を飲み込んだ。

（入った……）

異物感は多少あるけれど、意外と平気な気がする。でも特にそれ以上でもそれ以下でもなく、とても気持ちいいとは思えない。

記事にあったのは、乳首と前立腺がリンクしているということで、指を入れたまま乳首を弄ってみると気持ちがいい、と書かれていた。

（ホントかな）

尻の穴に指を一本置き去りにして、空いた手で自分の乳首を摘《つ》まんでみる。

「……っ」

ジン、と体の奥に一瞬甘い疼きを覚えた。さらにきゅっと強く捻るとその甘い疼きは痺れのような感覚に置き換わり、尻の穴がきゅっと締まってそこに入れていた自分の指を締めつける。

「あ……ぁ……」

乳首なんか、自分でまともに触ったことはない。だからこんな感覚ははじめてで、慈円は戸惑ってしまった。それに弄っているうちに乳首が芯《しん》を持って、ツンと勃ち上がってくる。こりこりとした右の乳首を執拗《しつよう》に弄っていると、今度は左が物足りなくなって、左を弄る。

（やだ……どっちも……触りたい……）

両方の乳首を交互に弄っているうちに、後ろに入れていた指が自然に動いていた。肛壁をぐるりと撫でながら、くりくりと乳首を弄ると体の奥からむずむずと疼いてくる。

「んっ……」

前立腺がどこにあるのかわからないまま、慈円はその遊びに夢中になった。

やがて、異物感に慣れたせいだろう、後ろに入れている指が一本では物足りなくなってきた。それでも二本入れるのはまだ迷いがあって、どうしようかと思っているうちについ指を抜いてしまった。

「あ……んっ」

指を抜いた後のそこは、物足りないとばかりにヒクヒクしていて、まだなにか入れたいと訴えている。おまけに中途半端に体が疼いて、乳首も尻の奥もうずうずと焦れったい感覚を残したままだった。それに慈円のペニスもいつの間にか勃起《ぼっき》しはじめている。

(幸人さん……幸人さん……)

慈円は目をぎゅっと瞑《つむ》って、自分の指を二本、後ろに入れる。先ほどとはまるで違った太さに困惑しつつ、自分の指を幸人のペニスだと妄想しながらぐちゅぐちゅと抜き差し出した。片手で乳首を弄り、もう片手は尻の穴へ。ひどくいやらしいことをしているのに、やめられない。

「ゆき……と、さ――ア、ア、ッ、アアッ！」

いつしか乳首を触っていた手が、先走りに濡れたペニスを扱く。幸人の名前を呼びながら、びゅくびゅくと白い精液を吐き出した。

それはとても幸せで、そしてとてもせつなくて――でも、それでいいと慈円は思った。

お遊戯会まであと数日となった。

なんとか採用されたラストに踊る曲のシャインレンジャーダブルエックスだが、概《おおむ》ねなんとか皆踊れるようにはなってきたのだが、なにかもうひとつ物足りない。

というのも、教える先生側にやや気後れしている部分があるからなのだろうか、一体感が足りないように思えていた。とはいえ、時間もないし、特別出来が悪いわけではないので、このままでもいいといえばいい。

だが、せっかく一年に一度の大イベントだ。心残りがないようにしたかった。

その日、慈円は忙しく過ごしていた。幼稚園の仕事もだが、本来の仕事――僧侶としての仕事でてんてこ舞いだったのだ。

法事というのは繰り延べはないが前倒ししてもいいことになっている。そんなことで年末は忙しい商店街の家々を檀家に持つ宝龍寺としては、繰り上げ法要でなんとなく忙しくなるのだった。

今日は古書店の先代のご主人の七回忌と、甘味処の先代の奥さんの十三回忌が重なった。午前、午後と法要を終え、慈円はやっと一息つく。住職は町内会の会合に呼ばれて行ったので、今日は幼稚園には顔を出さず、一服したら寺の仕事に専念することになっていた。

ただ、やることがたくさんあって、休憩もそこそこに慈円は本堂へ向かう。

明日はここでまたひとつ大きめの法要がある。しかし、明日の法要は住職だけでなんとかなりそうなので、慈円は今日のうちに準備を整えておくだけだ。

明日の段取りを、と庫裏《くり》と本堂を行き来していたときだ。

寺の鐘《かね》撞《つ》き堂のあたりをうろついている人影を見かけた。最近は物騒だ。慈円は不審者だったら、と表へ出て鐘撞き堂へ足を向ける。

「お、慈円か?」

背後から声をかけられ、驚いて振り向いた。そこには強面《こわもて》だが、精悍《せいかん》で見てくれのいい大柄な男が立っている。慈円同様、黒の法衣《ほうえ》をまとっていた。

「瑞生《ずいしょう》さん！　お久しぶりです。どうしたんですか」

慈円に声をかけたのは、知り合いの僧侶だった。彼の祖父が慈円の父親と旧知の仲で、家族ぐるみのつき合いなのだが、近頃はあまり顔を合わせることもなかった。彼の寺は東京から少し離れた小さな漁村にあるため、そうそう上京もできないのだ。

「こっちに用事があって来たんで、ついでに住職に挨拶をと思ったんだが」

「ああ……そうでしたか。すみません、住職は今町内会の会合で」

「そうか、残念だな。悪いがもう帰りの電車まで時間がないんだ。それじゃ、またゆっくり来るとしよう。それより慈円は元気にやってるか？」

瑞生は顔は恐《こわ》いが、話してみると見た目より恐くはない。

「ええ、元気です」

精一杯元気そうな表情をしてそう答えたが、瑞生は訝《いぶか》しげな顔をしている。

「どうかしましたか？」

「いや、元気と言うわりには随分と浮かない顔をしているものだと思ってな。どうした、なにかあったのか」

彼の眼光の鋭さはそのまま指摘の鋭さにも繋がっていて、ほんの少しの表情を見ただけなのに、気持ちを見透かされたみたいで慈円は苦笑いをした。

「別に……なにも……」

「なんだなんだ。そんな顔してるってことは、そうだな、恋の病にでもやられたか？」

「な……っ！　なんでわかるんですか！」

超能力でもあるのかと思うくらい、的確な指摘を受けて、慈円は思わず叫んでしまった。

「お、当たりか。当てずっぽうだったんだがな」

にやりと笑われて、鎌《かま》をかけられていたことにようやく気づく。

「うわ……ひどい……」

「まあ、いいじゃねえか。っていうか、ちっこいとき、変身ベルトつけてたおまえが恋の病とはねえ。そういやそういう年頃だよな。で、なにを悩んでるんだ」

幼い頃から自分のことを知っている瑞生に悩み事を知られて、慈円は気恥ずかしくなる。

「ほっといてください」

「ん？　ほっとくさ。俺のことじゃねえしな。でもな、慈円。悩んでもいいが、後悔するような恋だけはするんじゃねえぞ。いくら坊主だっつってもな、おまえも俺もただの人間だ。人を好きになって当たり前だし、そうすると苦しんだり悲しんだりすることもあるだろうけど、ちゃんと相手に向き合わないとダメだぞ。おまえは臆病だからすぐ逃げたがるけど、そんなことしてたら恋愛もうまくいかないし、いつまで経っても立派な坊主にだってなれねえからな」

彼はわかっているのかいないのか……だが、慈円の痛いところを突いてくる。慈円がなにかから逃げているのが丸わかりだというように、彼はじっと慈円の目を見て、厳しい声でそう言った。

「瑞生さん……」

「今度またおまえの話聞かせてくれや。じゃ、俺は帰るから、住職によろしくな」

にっ、とまた笑い、瑞生は寺から立ち去っていく。彼の背を見送りながら、慈円は瑞生に言われたことと、この前大地に言われたことが、言葉は違えど意味はほとんど同じだな、とぼんやり考えていた。

そうこうしているうちに今日の延長保育もお迎えの時間が近づいた。

瑞生に言われたことや、大地に言われたことを何度も何度も噛みしめる。それでもどうしていいのかわからなかった。

けれど、今の状態がいいとはけっして言えない。

時間を巻き戻すことができたら、と慈円は思った。どこまで時間を巻き戻せば、あの楽しかっただけのひとときに戻ることができるのだろうか。

自分がただの幸人——朝日アツシのファンだった頃に戻れば、いいのかもしれない。それだけなら、幸人にも迷惑をかけることもない。

延長保育のお迎えのために保護者がぽつりぽつりと現れては、園児を引き取っていく。

今日も一番最後はやはり真紘のようだった。だが保育時間いっぱいになっても幸人の姿はまだない。

「慈円先生、すみません」

今日の担当である先生が、申し訳なさそうに慈円のところにやってきた。

「なんでしょうか」

「あの、申し訳ないのですが、今日はこれで上がってもいいでしょうか。ちょっと急ぎの用があって……」

連日、残業続きで先生たちにも負担がかかっている。お遊戯会まであと少しだ。ここで無理を言うこともできない。

「ええ、構いませんよ。残っている子たちは私が見ていますから、先生は早く帰ってください。このところ無理ばかりさせてしまっていましたし、本当にすみません」

「いいえ……そんなことは。では、お言葉に甘えて失礼します」

「お疲れ様でした」

彼女の姿が教室から消えると、残ったのは真紘だけ。

「真紘くん、幸人さん遅いですね」

久しぶりに真紘とゆっくり話をする。

「じえんせんせい」

絵本を読んでいた真紘が顔を上げて、慈円を見つめる。

「ん？　真紘くん、なんでしょうか」

聞き返しても真紘はじっと慈円を見つめたままでなにも言わない。どうしたのかと思っていると、ようやく口を開いた。

「じえんせんせいは、幸人ともうキスしないんですか」

真面目《まじめ》な声で、真面目な顔をして真紘が聞く。

「え？　ええっ!?　キ、キスって……！　ま、ま、真紘くんっ！」

いきなり五歳児の口からキスという単語が飛び出してきて、慈円は狼狽《うろた》えた。

「幸人、じえんせんせいとこいびとになった、っていっていました。でも、ふられた、って。……もう幸人のことはきらいになりましたか」

悲しそうな声で言う真紘に慈円は開きかけた口を閉ざした。

「……真紘くん、幸人さんはいつもそんなふうになんでもきみに話をするんですか？」

聞くと、真紘はこくりと頷いた。

「はい。幸人とぼくのあいだにはかくしごとをしないやくそくなので。幸人はじえんせんせいをすきになったことも、キスしたこともぜんぶはなしてくれました」

すべて幸人は真紘に話していたのだ。真紘は自分が幸人の子ではないと知っている。慈円は真紘と幸人の関係をもしかしたら見誤っていたのかもしれない。彼らは単に被保護者と保護者という関係ではなかった。真紘は小さいから、ただ守ってあげるべき者としか慈円は見ていなかったけれど、幸人にとっても真紘にとってもきっと互いに対等な関係なのだ。

「じえんせんせい？」

黙りこくった慈円の顔を真紘が覗き込む。

「真紘くんは……私が幸人さんと恋人になっても平気なんですか？」

「へいき、って？」

まっすぐな目で聞き返してくる真紘の目を慈円はまともに見られない。俯き気味に目を伏せておずおずと声を出した。

「幸人さんは真紘くんのお父さん代わりですよね。その幸人さんと、その……私が……キス……したりしても……嫌じゃないのかなと」

声が上擦った。これでは真紘のほうがよっぽど堂々としている。慈円ときたら、顔を真っ赤にした挙げ句、声が裏返ってなにを言っているのかはっきりとわからないのだから。

「いやじゃないです。ぼくは幸人もすきだし、じえんせいもすきだし、ふたりがなかよくしているの、いいとおもいます」

きっぱりと言う真紘のことを慈円は尊敬すると同時に、あまりの自分の情けなさに頭を抱えたくなっていた。

「ほ、本当に？」

坊主が五歳児に道を拓《ひら》いてもらうという本末転倒ぶりに、大地がここにいたらはっ倒されるんだろうな、と思いながら、慈円は苦笑いする。真紘のほうが自分なんかよりもよっぽど人間ができている。

そのとき、インターホンのチャイムが鳴った。

延長保育のときのお迎えは、インターホンのカメラで保護者を確認してからでなければ園の入り口を開けない。

モニターに映っていたのは、幸人だった。

「あ、真紘くん、幸人さんがいらっしゃいましたよ」

モニターの向こうにいる幸人へ「はい、ただいま開けます」と声をかけ、ロックを解除する。ほどなく幸人の姿が現れた。

「すまん、遅くなって」

幸人はいつもよりも随分と疲弊しているようだった。

毎朝、彼の姿は確認しているものの、最近はろくに会話を交わすこともなく彼の顔もじっくりと見ることはなかった。

久しぶりにまじまじと見た彼は、かなりげっそりとやつれていて、顔色もあまりよくなさそうだった。

真紘も、それから大地が心配するのもよくわかる。

「いえ、大丈夫です。……あの……今日はとてもお疲れのようですが……」

「ああ……今日はちょっと撮影がしんどくてな。でも平気だ。あんたが心配することはないよ。明日は朝だけで昼前からはゆっくりできるから少し休める。お迎えも普通に来るから」

無理に笑顔を作る幸人に慈円の胸がちくりと痛んだ。

「それより、あんたも忙しいんだろ。お遊戯会、シャインレンジャーダブルエックスのエンディングやってくれるんだってな。真紘が喜んでた」

「え、ええ。……子どもたちはみんな喜んでくれていて……」

そこまで言って、慈円はあることを思いついた。

「あのっ、幸人さん」

「なんだ？」

「お遊戯会の直前で、その……お疲れのところ申し訳ないのですが、明日の午後少しお時間をいただけないでしょうか」

「ん？　なんか用か？」

「実は……そのシャインレンジャーの踊りなんですが、あまり出来がよくなくて……最後のほうの、ステップを踏んでくるっとターンをした後の決めポーズが、どうしてもコツが摑めない子が多いんです。あそこは一番の見せ場ですし、あれが決まるともっとよくなるんですが。……ですから、ほんのちょっとでいいので、子どもたちの前で踊って見せてくれませんか。……勝手なことを言っているのはわかってます。でも」

必死な慈円の頼みに幸人は、ふわっとやさしく笑顔を見せる。

「いいよ。お安いご用だ」

まさかこんな急で無理な願いを聞いてくれるとは思わなかった。ましてや慈円のただの我《わ》が儘《まま》のような頼みを。

「えっ、いいんですか……？」

「いいよ。あんたの頼みだ。あんたの頼みを断ったら、真紘に叱《しか》られちまうしな」

そう言いながら幸人が真紘のほうへ振り返る。真紘は「ぼくをだしにつかわないでください、幸人」と腕を組んで仁王立ちになっていて、その様子が可愛らしくておかしかった。

「すみません、無理なことを言って」

「気にしなくていいから。それより明日の時間は仕事が終わり次第、ってことになるがそれでもいいか。確実に何時、と言えなくて悪いが。お迎えの時間に間に合うようにはする」

「ありがとうございます。時間はお任せしますので。無理そうなら連絡いただければ」

「大丈夫だって。ちゃんと来る」

ポンポン、と安心させるように慈円の肩を軽く叩く。そうして幸人は真紘を連れて帰っていった。

どうしてあんなにやさしいのだろう。

幸人にしてみたら、慈円は自分勝手なことばかり言って彼を振り回しているだけの存在なのに。なぜこんなにもやさしい――。

慈円の胸がぐっと詰まる。

やっぱり、好きだ。

「幸人さん……」

俯いて彼の名前を呼ぶ。ぎゅっと目を閉じると、瞼の裏には幸人の顔しか浮かばなかった。

「怖いですねえ、大丈夫かしら」

次の日の朝、慈円は保護者の何人かに取り囲まれてあれやこれやと話しかけられていた。というのも、明け方に駅向こうのコンビニに強盗が押し入ったというのだ。犯人はまだ逃げ回っているらしく、捕まっていない。近所では、朝からもっぱらその話題で持ちきりだった。

宝龍寺にも警察から連絡が入り、もちろん当分重点的に巡回はするが、寺や幼稚園でも十分に警戒してくれということだった。

急ぎ連絡網を回して、保護者にその旨を伝えた。警察も重点的に巡回すると言った言葉は本当だったらしく、先ほどから、制服姿の警察官やミニパトがそこいらをうろうろしていた。

「警察の方も見回ってくださっていますし、私どもも十分に警戒いたしますので」

「そうですねえ。でも早く捕まって欲しいですよね」

不安げな保護者たちから園児を預かり、慈円たちは急いで園舎の中に子どもたちを入れる。保護者の心配ももっともで、本当は幼稚園を休ませたい気持ちもあるのだろうが、子どもが登園を楽しみにしている以上、仕方がなく連れてきたという感じも見受けられた。

なにごともなく午前中が終わり、お弁当の時間になる。

慈円は幼稚園の教員室に詰めていた。いつもは一度寺へ戻って自宅で昼食をとるのだが、今日はやはり物騒な事件のこともある。女性ばかりでは先生たちも不安だろう。慈円では頼りないかもしれないが、それでもいないよりはましだと、今日だけは教員室に待機していた。

昼食の握り飯を食べていると、慈円のスマホにメッセージが入る。

幸人からの連絡だった。

「幸人さん、もうすぐ来てくれるんだ」

そこにはあと三十分ほどで到着すると書かれてある。素っ気ない文面だったが、約束を守ってくれたことが慈円にはとてもうれしかった。

スマホを見ていた顔がきっとにやけていたのだろう、教員室にいた他の先生に、「慈円先生、なにかいいことでもあったんですか」と聞かれてしまったが。

「いっ、いえっ、あの、実は――」

慈円はその場にいた先生たちに、幸人のことを話した。

幸人がスーツアクターであることはとりあえず伏せ、踊りの振り付け指導をしてくれることだけを話したのだが、先生たちも喜んでくれたようだった。

「真紘くんのお父様が踊れるんですねえ。なんのお仕事されているんですか？」

「さ、さあ？　役者さんらしいですけれど」

「役者さんなんですか！　でもテレビでは見たことありませんよねえ。舞台とかですか？」

「さあ……そこまでは。……あっ、すみません、お茶、もらってきますね」

スーツアクターも役者だ。間違ったことは言っていない。幸人にシャインブルーであることは言わないでくれ、と以前に言われたので、うっかり口が滑らないように適当な言い回しを考えるのが難しい。

（あぶない、あぶない。つい喋《しゃべ》ってしまいそうになってしまう……幸人さんの正体は隠しておかなくちゃ）

お茶を飲んで、ふう、と大きく息をつく。

幸人が自分との約束を守ってくれたことと、それから生で幸人が踊るのを見られると思うと、ファンとしてはこの上なく幸せな気持ちになる。自分勝手な振る舞いは自覚していて、後ろめたさがあるにもかかわらず、浮かれた気持ちが止められなかった。

ややあって、車が停まる音が聞こえた。

教員室の窓から外を見ると、ワゴン車が二台、幼稚園の前に停まっている。その一台の助手席に幸人がいるのが見えて、慈円は園舎を飛び出した。

外へ出ると、ちょうど幸人も車から出てきたところだったらしい。

「幸人さん！」

てっきり幸人だけだと思っていたが、車からは何人もの男たちが降りてきた。その中のひとりは、雑誌などで見たことのあるスーツアクターだ。

「ええっ!?」

どうして、と目をぱちくりさせていると、幸人が「話をしたらついてきちまって」と苦笑している。どうやら仕事帰りにそのままスタッフを引き連れてここまで来たということだった。

「ショー用のスーツも借りてきたから」

昨夜のうちに手配をして、わざわざ借りてきてくれたらしい。

幸人の事務所の社長――小宮という名前だった――が、真紘のためならと骨を折ってくれたようだった。真紘がいつも名前を出していた《こみやさん》は事務所の社長だったのか、とようやくそこで慈円は知る。ともあれ、たかが幼稚園のお遊戯会の練習にとんでもないサプライズを仕掛けてくれたのだ。

「あ……ありがとうございます……！」

慈円は深々と頭を下げて礼を言う。

「いいって。それより、着替えるところないか？　あと、こいつらも見学したいって、いいか？」

「ええ！　もちろんです。着替えはどうぞ本堂を使ってください。こちらにどうぞ」

幸人たちの着替えのために本堂へ連れていき、それから他の見学したいというスタッフらを園舎に案内した。

そうして、園児たちに園庭へ出るようにと指示をする。突然のお知らせに園児たちはにわかに騒がしくなった。

「もう少し待っていてくださいね」

そう言い聞かせて園庭に園児たちを座らせ、幸人たちの準備を待つだけとなった。

「え？」

ガチャン、というガラスを割るような嫌な音がした。

「キャーーーッ！」

若い先生の悲鳴が聞こえたかと思うと、三十代くらいと思《おぼ》しき男が園庭に乱入してきた。男はふらふらと体を揺らし、酔っ払っているかのような千鳥足で園児たちのいるほうへ向かってくる。

「逃げて！　子どもたちを早く園舎へ！　それから警察に電話してくださいっ！」

慈円は周りにいた先生たちに園児を避難させるように指示をしながら、男のほうへ向かっていく。他の先生とそれから幸人が連れてきたスタッフが園児の避難を誘導しはじめた。園児たちが怖さのあまり、悲鳴を上げて泣きながらあちこちに走って逃げるのを先生たちが追いかける。どうか無事に全員逃げて欲しいと慈円はただ祈るだけだ。

（どうしてこんなことに――）

慈円は唇を噛む。

不審者が付近にいる可能性を考えていなかったわけではない。しかしまさか現実にこんな事態になるとは思っていなかった。今まで平和に過ごしていたから、慢心していたといえばそうなのだろう。厄災というのはそういうひとりひとりの気持ちの油断につけ込むように訪れるものだと、慈円は思い知った。

今はひたすら子どもたちを守りきりたい。

男の様子はひどくおかしかった。ブツブツと独り言を言いながら、時折奇声を上げて笑っている。口元からは涎《よだれ》をこぼしており、なにか薬でも使っているのかと思えるくらい、せん妄と酩酊《めいてい》状態に陥っているように見えた。

園児も先生たちも、みんなパニックになっている。泣きわめく子どもたちの声が気に障ったのか、男は呂律《ろれつ》の回らない口で、なにやら叫んで暴れていた。

園庭に置いている、園児たちが丹精して育てている花のプランターを片っ端からひっくり返し、鉢植えを叩き割っている。

あれは子どもたちが毎日、花に話しかけながら水をやったり、雑草を引き抜いたりして大事にしている花々だ。それが次から次にぶちまけられ、踏みつけられている。無残な姿になった花を子どもたちが見たら、どれほど悲しむだろうか。

「やめてくださいッ！」

慈円はこれ以上見ていられなくて、男に飛びかかった。

だが、とても正気とは思えない男の力は強く、慈円はあっさりと払いのけられ、地面に転ばされた。間近で見る男の目は焦点が定まっておらず、とても不気味に思える。

男はククッ、と笑い声を漏らしたかと思うと、懐からギラリと光るナイフを取り出し、むやみやたらに振り回した。奇声を上げながら鋭い刃物を振りかざすため、慈円は男から逃げるだけで必死だった。起き上がってなんとかナイフを奪い取りたいと思っても、牽制《けんせい》する以外のことができず、どうしていいのかわからなかった。

「あっ」

頬にピリッと痛みが走る。思わず頬に手を触れ、その手を見ると、手のひらにべっとりと血がついていた。生々しい血の色に顔を顰める。

頬が切られたが、それくらいで怯んでいては子どもたちは守れない。

男は休む間もなくナイフを振り回しており、どこにも慈円がつけいるような隙はなかった。それでもようやく立ち上がって、慈円は反撃できる機会を窺《うかが》う。

せっかくこれまで武道にも励んできたのだ。この前、あの高校生相手には歯が立たなかったが、せめて代わりにリベンジしたい。

そう、今こそ自分が正義の味方になるときに違いなかった。

（シャインレンジャー、俺を守って……！）

男は相変わらずニヤニヤ笑いながら、ナイフをチラチラと振っている。慈円が男を見据え飛びかかろうとした——そのときだった。

「俺が相手だ！」

声が聞こえるなり、慈円の前に青いスーツが立ち塞がる。

かと思うと、すぐさま高いジャンプからキックを繰り出し、男が持っているナイフを蹴り上げた。ナイフは空中をくるくると回り、またそれが逆光でキラリと光って地面へ突き刺さった。

「後ろに下がってろ」

青いスーツは、シャインブルーのものだった。そして慈円にきっぱりとした声で言ったのはもちろん――幸人だ。

突然現れたシャインブルーに既に園舎へ逃げ込んだ子どもたちも、それから逃げ遅れてまだ園舎に入っていない子どもたちも大興奮で方々から歓声が上がる。

「よい子のみんなはそこにいるお兄さんたちの言うことを聞いて、幼稚園の中に入るんだ。いいね？　シャインブルーとの約束だ」

シャインブルーはそう言って、彼の決めポーズを作る。

はーい、という子どもたちの返事が聞こえると同時に、幸人と一緒にやってきたスタッフたちがそこに現れる。そうして手際よく子どもたちを誘導しはじめた。

「幸人さん……っ！」

慈円は彼の名前を口にした。彼の顔はすっぽりとマスクに覆われているのに、慈円には笑っているように見える。彼の背中がどいていろ、と言っているように思えて慈円はそのとおりに従い、邪魔にならないように後ろへ下がった。

慈円が下がったのを確認した途端、幸人――シャインブルーは男へ鮮やかにキックを決める。だが男のほうも黙ってはいなかった。がむしゃらにシャインブルーへ突進し、応戦する。拳を繰り出し、シャインブルーの腹へ打ち込もうとした。

「あぶないっ！」

慈円は見ていられなくて、つい叫んでしまう。

そのときには子どもたちからも同時に悲鳴が上がった。しかし、すぐに悲鳴は大きな応援の声になる。

「がんばってー！」

「シャインブルー！」

「じえんせんせいをたすけてー！」

「がんばれー！」

一斉に真剣な声で子どもたちが応援を送り、慈円も一緒になって「頑張れー！」と声を上げた。その声は園庭中に響き、一瞬男は怯んだように見えた。

そしてシャインブルーはひらりと身を躱《かわ》し、今度は逆に男の背を肘で打った。それは見

事な身のこなしだった。まるでシャインレンジャーの本編が放映されているかのような気持ちになるほどで、慈円はうっとりと見つめてしまう。

加えて、シャインブルーは男の腹にめり込むほどの力で拳を打ち込んだ。

その力が強かったのだろう、男は呻《うめ》き声を上げながら俯せになって地面に倒れ込んだ。

「シャインブルー！　やったー！」

子どもたちからさらに大きな歓声が上がる。わーっ、と響き渡る声と拍手に慈円も泣きながら拍手を送った。

そしてシャインブルーは男の背に馬乗りになり、彼の手を後ろからギリ、と締め上げる。よほどそれが痛いのか、男の口から凄まじい悲鳴が漏れた。

だが、拘束されているにもかかわらず、男はまだじたばたと暴れている。

このままだと、いくら幸人が強くても疲弊してしまうのではないか、慈円が心配になっていると、どやどやと大勢の警官が園庭に現れた。

「警察だ！」

通報を受けた警察がようやく到着したらしい。男は無事に確保される。警官が数人がかりで男を取り押さえているものの、暴れて手がつけられない。それでもなんとかパトカーに乗せられて、騒動が収まったのだった。

園児たちが興奮して、わあっとシャインブルーの周りに群がる。

「ありがとう、シャインブルー！」

「すごかったあ！」

目をキラキラさせて、突如現れたヒーローの活躍へ賞賛の声を口にする。

今まで泣いていた子も、ほっぺたを赤くして、飛び跳ねていた。

真紘は、と慈円があたりを見回すと、彼は得意げな顔でピースサインを幸人に送っていた。そして幸人もこっそりピースサインを真紘に返す。

きっと今日は帰ってから、幸人は真紘にたくさん褒められるに違いない。

その様子を想像して、慈円はふふっ、と小さく微笑んだ。

「さあ、みなさん、シャインブルーはまだまだこれから地球の平和を守るために他のところへ行かなくてはならないんです。みなさんで最後にきちんとお礼を言って、お見送りしましょう」

園一番のベテランの先生がパンパンと手を叩いて、シャインブルーから子どもたちを引き離す。

「ありがとうございました！」

子どもたちが一斉に礼を言うと、シャインブルーはテレビでおなじみの決めポーズをする。そこでますます子どもたちは大興奮だった。いつまでもやまない声の中、彼は手を振って園庭を出る。

「幸人さん」

慈円は園庭を出たシャインブルー――幸人へ駆け寄った。スーツを着て、マスクをしたままでは大変だっただろう。彼は慈円の顔を見ると、マスクを外す。思ったとおり、マスクの下の彼の顔に汗が滲《にじ》んでいた。

「大丈夫か」

「はい、大丈夫です。……どれだけお礼を言っていいのか……。本当に、ありがとうございました」

ぺこりと頭を下げる。

「あんたが無事ならいい。……でも、こんなに切られて」

幸人は慈円の頰に手をあてがった。触れられた、手袋越しの幸人の手は変わらずやさしい。

「大したことはありません」

「けど、血が出てる。痕《あと》が残ったら……」

そう言うなり幸人は慈円を抱きかかえる。

「ええっ」

驚いたのは慈円のほうだ。なにしろ抱きかかえられただけでなく、それは横抱き……お姫様抱っこというやつだったから。

「ちょ、ちょっと、ゆ、幸人さん⁉」

「悪いな、その法衣が邪魔なんで。こっちのほうがあんたを運びやすい。我慢してくれ」

「ええっ、そんな……！　は、恥ずかしいです……っ」

「怪我してんだ。恥ずかしいとかそんなこと言ってる場合じゃないだろ」

警官は救急車も呼んでくれていたらしい。園の前の道路に救急車も待機していた。

「怪我人だ」

幸人は側にいた消防隊員と警官に慈円を引き渡し、そして慈円は救急車に乗って病院へ運ばれていくことになったのだった。


病院では、しっかりと手当てを受けるはめになった。

思いのほか、切られた傷が深く、またナイフもあまりきれいなものではなかったようで、縫うことになってしまう。とはいっても、形成外科の医師がちょうど居合わせていて、痕が残らないようにしてくれたのだが。

「いやー、こんなきれいなお顔、痕を残しちゃいけませんからねえ」

「女性ではありませんし、痕が残っても大丈夫ですよ」

「いやいやいや、そんなわけにはいきません。檀家さんと仏様に恨まれたくないですからねえ、頑張りますよ」

本気か冗談かわからないような軽い口調で、医師は丁寧に手当てをしてくれた。

それが終わると、今度は事情聴取だ。聴取は病院のロビーの椅子《いす》を借りて行われる。前に乱暴されたときにも長い時間に亙《わた》って聴取を受けたが、今日はそれ以上長く聴取を受ける。しかし、慈円は疲れを感じなかった。

子どもたちが無事で、本当にひとりも怪我人を出すことがなかったことに、心から安堵する。

(幸人さんのおかげだ……)

あのとき颯爽《さっそう》と現れた幸人は本物のシャインブルーだった。テレビのキャラクターなどではなく、慈円にとっては彼こそが自分たちを守ってくれた本当の正義の味方だ。

聴取を受けている間に、幼稚園で暴れたあの男が逃げたコンビニ強盗だと連絡が入った。

コンビニの防犯カメラからの映像であの男と同一人物だということがわかったらしい。まだ自供はしていないが、ほぼ間違いないということだった。

「ご協力ありがとうございました。またなにかあったらご連絡しますので、そのときにはよろしくお願いします」

「こちらこそありがとうございました。怖い思いはさせてしまいましたが、これで子どもたちも親御さんも安心すると思います」

「いやあ、それにしても、本物のヒーローが現れるなんてねえ。うちの子も好きなんですよ、シャインレンジャー」

慈円を聴取していた警官には、就学前の男の子がいるらしく「子どもに自慢しなくちゃ」とニコニコしている。

「そうなんですね。私も大好きなんです」

「へえ、お坊さんもそういうの観るんですね」

「ええ。毎週楽しみにしています。友情と信頼と、そしてすべての人を守りたいという、大きな愛ですよね。あんなふうに広く大きな愛情を持ち続けられるように、私も修行しなければと思っていますので」

警官は、なるほどねえ、と感心したように相槌《あいづち》を打つ。

「や、ホントにご協力感謝です。お疲れ様でした。あ、お送りします」

聴取していた警官と一緒に病院を出る。

「いえ、大したことありませんし、ひとりで帰れますから。そんなに遠くありませんし」

そう言って慈円は警官の申し出を断った。ひとりで歩いて帰りたい気分だったから。

警官はそうですか、と言って、一礼し「では」と慈円を置いて先に歩いていく。その姿を見送りながら慈円は大きく息をついた。

「慈円」

不意に、背後から声がした。

振り向くと、幸人がいる。

「幸人さん……。え、なんで……？」

きょとんとしている慈円に、幸人はちょっとだけ困ったような複雑な笑顔を見せる。

「なんで、って。あんた怪我してるし、迎えに来たんだ。来ちゃダメだったか」

だからなぜ幸人が迎えに、と慈円が目を瞬《しばたた》かせていると、ふっと彼がやさしく笑う。

「話がある」

「話……？　私に、ですか」

「ああ。ちょっとつき合ってくれないか。ちゃんと寺までは送る」

真剣な顔をして見つめてくる彼に抗《あらが》えなくて、慈円は「はい」と小さく返事をした。

ここから寺までは、歩いても二十分ほどだ。てっきり歩くのかと思っていると、幸人は駐車場のほうへ足を向けた。

「こっち。車置いてるから」

それだけを言って幸人は、なにか考えごとをしているような少し思い詰めた表情をした。言葉を交わさないため、なんとなく身の置きどころがない。

駐車場に着いて、幸人の車に乗り込む前に、慈円は幸人に声をかけた。

「あ、あの、幸人さん？」

「ん？」

「……その、今日はみんなを助けてくれてありがとうございました。あんなナイフを持った人に立ち向かってくれて……やっぱり幸人さんはヒーローだなって」

慈円は「みんな」とそう言った。

幸人はみんなのヒーローだ。幼稚園の子どもたちを守るために立ち向かってくれた。慈円は彼の勇気をそう思った。

すると、幸人は首を振った。

「みんな、じゃないさ」

幸人の言葉がよくわからなくて慈円は「え？」と聞き返す。

「みんな、じゃない。慈円……あんたがあいつに切りつけられて逆上したんだ。取り押さえるだけでよかったんだが、あんたのその顔に傷をつけられたと思うだけで黙っていられなかった。よけいに殴っちまって」

今、彼はなにを言ったのだろう。そんなふうに言われると、自分は都合よく解釈してしまう。

——あんたがあいつに切りつけられて逆上したんだ。

その言葉はどういう意味に受け取ればいいのか。

「そういう言い方って誤解されますよ」

だから自分の気持ちを落ち着けるために、そして誤解を招くことを幸人に促すために、そう言ったのだ。けれど、幸人は黙って首を振った。

「誤解して欲しくて言ってる」

「え……」

「慈円を助けたかっただけだ。子どもたちよりなにより、俺は、あんたを」

「……幸人さん」

思いがけない言葉を幸人が口にして、慈円の思考はそこでストップしてしまった。

「さっき、大地くんが心配して来てくれてたんだ、幼稚園に。事件のことを聞いて、駆けつけてくれたんだが、それであの人に聞いた……あんたが悩んでたこと」

「大地が……？」

まったく大地ときたらよけいなことを、と慈円は一瞬大地のことを恨んだ。悩んでいたことを幸人に知られてしまったなんて、恥ずかしくてたまらない。

「好きだ。あんたに避けられて、俺はすごく辛かった。でも、あんたが俺を好きじゃないなら諦めようと思った……でも」

幸人がじり、と慈円へと距離を詰めてくる。もう、彼の手は慈円の手を取っていた。

「大地くんが、あんたも俺を好きだと言ってた。なあ……そうなのか？　俺が嫌なら今きちんと断ってくれ。でも、大地くんの言うようにあんたが俺のことを好きだと思ってくれるなら」

幸人に握られている手が熱い。

その手から、徐々に体中に熱が伝ってくるような気がした。冬なのに、今日だって天気がいいとはいっても風が冷たいのに、どうしてか体が、顔が、ひどく熱いのだ。

「慈円、答えてくれないか」

幸人は手を握ったまま離さない。

「……で、でも、だって、幸人さんは……」

トモのことを聞こうかどうしようか、慈円は迷っていた。幸人のプライベートにまで首を突っ込んでいいのか、それも聞くことを躊躇させる。

「ああ……トモのことか」

「え？」

なぜ自分の言おうとしたことがわかるのか、とよほど不思議そうな顔で慈円は彼を見ていたらしい。幸人はふんわりとしたやさしい笑顔を見せたかと思うと「それも聞いた」と小さく言った。

「え？」

何度も同じように聞き返して、みっともない、と慈円は急にいたたまれなくなる。そんな慈円の気持ちをわかっているのかいないのか、幸人は握っている手の力をそっと強めた。

「あんたは人の気持ちがきっとわかりすぎるくらいわかっちまうんだろうな。大地さんに聞いて、びっくりした。まさか、あんたにそんなことをわかられてしまうなんて思ってなかったから」

「ご、ごめんなさい。勝手に想像して」

「なに言ってんだ。俺はここんとこにぐっさり刺さったんだ」

幸人は彼自身の胸を親指でぐっと指して苦い顔をした。

「悪かった。あんたのことをきっと見くびってたんだ。あんたがきれいなだけの坊さんじゃないって頭ではわかってたのに。俺自身が気づいてなかったところまで見透かされて、ドキッとした」

正直に言うよ、と幸人は続けた。

「確かに……親友――トモのことを好きだった。ずっと……あいつが結婚する前から、結婚してからも。真紘を引き取ったのもトモの忘れ形見だったから、っていうのは否定しない。でも、それは昔のことだ。あいつへの気持ちは真紘と一緒に暮らしているうちに、昇華しちまってるんだ。なにせあいつは俺のものにはならなかったし、それに死んじまった。いつまでも引きずってるのもバカらしいだろ？　ただ、なんせ真紘もいてコブつきだし、きっと二度と恋はしないなって。けど……そしたらあんたに出会ったんだ」

駐車場には誰もいないけれど、こうして手を握られているのは恥ずかしい。けれど、幸人の言葉を聞いていると恥ずかしいと思うと同時に、じわじわと泣きたくなるようなうれしさもこみ上げてくる。

こんなにも真剣に自分のことを見つめてくれる人は今までいなかった。

薄っぺらい顔の皮一枚で寄ってきては、慈円の中身を知るとすぐに嫌悪の目を向ける人たちのことが頭の中を過《よぎ》っていく。

幸人は慈円の全部を知ってなお、こうして握った手を放さない。

「幼稚園の先生で、きれいな坊さんで、それだけだと思ってたら、意外な顔がどんどん飛び出してきて。まるでキラキラした万華鏡を覗いているみたいだと思った。覗き込むたびに新しいあんたに会えてさ。……きれいでいじらしくて、ちょっとこじらせたところも全部可愛くて……惚《ほ》れないわけがない」

熱烈ともいえる告白を、好きな人からもらえるというのがこんなにも幸せなことなのか。聞いている端から、耳が蕩けて、それから頭の中まで蕩けていくようなふわふわとした気持ちになっていく。

「もう一度聞く。俺のことをどう思ってる？　朝日アッシのファン？　それとも――」

もう限界だった。慈円だって好きなのだ。幸人のことが好きで、好きで、どうしようもないくらい好きで……。

――あんたはただ臆病風に吹かれてるだけなのよ。恋愛はひとりでするもんじゃないんだからね。

――ちゃんと相手に向き合わないとダメだぞ。おまえは臆病だからすぐ逃げたがるけど、そんなことしてたら恋愛もうまくいかない。

大地にも、瑞生にも同じようなことを言われた。いつだって臆病な自分。傷つくのが怖くて、幸人に向き合う勇気がなくて彼を避けていた。けれど、幸人はきちんと自分に向き合ってくれている。ここで逃げたらいつまで経っても自分はヒーローにはなれない。

ヒーローになりたかった。昔からずっと。

自分の好きな特撮ヒーローはいつだって、弱い自分に向き合って、弱さを克服して困難にまっすぐに立ち向かっていった。弱くたって、強い心を持てばできないことはない、そう教えてくれていた。

特撮を好きなくせに、その精神に反する振る舞いをしてはファンとして失格だ。

さっき園庭でコンビニ強盗と相対したときに奮い立たせた勇気があるなら、今だって勇気を持つことができるはず。

だから彼にそれ以上なにも言わせたくなくて、彼の言葉を遮るように口を開いた。

「わ、私だって……好きですっ。朝日アツシとしてじゃなくて、ちゃんと……ちゃんと幸人さんのことが……っ。朝日アツシのことはかっこよくて憧れているけれど、それは単に憧れているだけで……幸人さんが……目の前のあなたが私にとってのヒーローなんです。幸人さんが……幸人さんが好き」

ひっくり返りそうになる声で必死にそう伝えた。伝わっただろうか。自分の言葉は彼に。

真っ赤になって、頭ものぼせ上がって、心臓も壊れるくらい大きく速く音を立てている。この心臓の音は幸人に聞こえているかもしれない。

幸人に握られている手をぐっと引かれる。と思うと、そのまま彼の胸に抱き込まれた。

「うわっ」

声を上げると、その開いた唇に彼の唇が重なった。

「ん、んっ……」

ぐいぐいと体を押しつけられて、唇も押しつけられて、ドン、と体が幸人の車にぶつかった。背中に車体の冷たさを感じながら、熱い口づけを受けている。その温度差に戸惑い、しかし激しいキスに夢中になる。

唇を貪られていると、たった今縫ったばかりの頬がピリリと痛むけれど、そんなことはまるで気にならなかった。それよりも彼の舌を追いかけていたい。

キスに押し流されてわけがわからなくなった頃、遠くでブオン、と車のエンジン音がして、そこでようやく体を離した。

「……もっと、ちゃんと話をしよう。俺のことはなんでも聞いてくれ。なにも隠さない。正直に答えるから。だからあんたを俺にくれ」

彼が額を慈円の額にこつりと合わせて聞いてくる。慈円は耳まで真っ赤にしながら「はい」とそっと答えた。

真紘は慈円の寺で預かってもらっていると、車の中で幸人に聞いた。

「大地くんに、慈円が笑顔になるまでうちのご飯は食べさせない、って言われたよ。で、真紘は預かるから、俺に責任持ってあんたを預かってくれって」

「す、すみません……大地ってば」

なにからなにまで大地ときたら過保護すぎる、と思ったが、そんな友達の思いやりが慈円にはとてもうれしい。

「大地くんって、本当にあんたのこと大事なんだな。……ちょっと妬《や》いた」

「そ、そんな……っ、大地はただの幼なじみで！」

慌てて取り繕うように言うと、「わかってる」と幸人は笑う。

「うまくいったら、誰かイケメン紹介して、って言われた。抜かりないな」

アハハ、と幸人は大きな声で笑った。

「大地のやつ……ホント……すみません。大地、ちょっと前に恋人と別れたばかりで」

慈円は大地と前の恋人との旅行の話を幸人に聞かせた。南国のリゾート地でひどい目にあった、と幸人に話すと、それもゲラゲラと幸人は笑っていた。

「そりゃひどいな。いくらなんでも、海外のビーチでカップ麺《めん》は」

「ですよね。でも、私は……幸人さんと一緒だったら、カップ麺でもいいです」

「俺も。っていうか、そんなところに行ったら、レストランなんか行ってる暇ないかもしれないしな。飯より、あんたのほうが食べたくて」

「ゆ、幸人さん！」

あからさまなことを言われ慈円は狼狽える。幸人の顔を見ると、彼はニヤッと今にも舌舐めずりでもしそうな顔で笑っていた。

「ほら、着いた」

連れてこられたのは幸人の家。

車置いてくるから、先に入っていて、と鍵《かぎ》を渡された。この家に来るときには真紘が一緒で、真紘が鍵を持っていたから慈円は手にすることがなかった。

（鍵……って、なんか……恋人みたい）

小さな金属なのに、手のひらにあるそれにずっしりとした重みを感じた。

幸人より先に、慈円は部屋に入る。

「お……お邪魔します」

しん、と静まり返った部屋。ここに来るのは本当に久しぶりだ。以前はしょっちゅう入り浸っていたのに。

「あ……、片づいてる」

部屋の中を見回すと、以前はまだ片づけられていなかった段ボール箱がもうすっかりなくなっている。すっきりと片づけてある部屋を見て、慈円は自分でここに来ることを拒んだくせに寂しさを覚えて、ほんの少し後悔した。

（真紘くんに叱られたのかな）

カップボードに置かれているマグカップ。ひよこ色の真紘のカップとそして幸人のカップ。自分が使わせてもらっていたカップはカップボードの奥へしまわれているようだ。

バタン、と玄関のドアを閉める音が聞こえた。

「どうかしたのか？」

幸人の声に慈円は振り向く。

「……ううん、なんでもありません。お部屋がすっかりきれいになっているなって」

「お部屋をきれいにしないから慈円先生に嫌われるんです、って真紘に叱られてな」

「真紘くんに？」

「ああ。おかげで死ぬほど大掃除した。いつあんたがまた遊びに来てもいいように。これで嫌いにならないか？」

肩を竦《すく》め幸人が苦笑する。

やっぱり真紘に叱られたのだ、とその様子を想像して慈円は、ふふっと笑った。

「なりませんよ。それにお部屋くらい、私が片づけに来ます」

「それはそれでまた真紘に叱られそうだ。幸人は自分で片づけなさい、って」

「そうかも」

ふたりで顔を見合わせ、笑い合う。

「……この前の続き、してもいいか」

幸人に腕を取られ、そして彼のもう片方の手が慈円の腰を強引に引き寄せた。

「続き……」

「さっき言っただろう？　あんたを俺にくれ」

「そ、それって……その」

「あんたが今想像したとおりのこと。最後までしたい。いいか？」

予想していた展開とはいえ、まだ慈円の頭はついてきていない。幸人は慈円の不安げな表情に目を細めた。

「……心配しなくていいから。あんたはただ気持ちよくなってくれたらいい。俺が全部するから。……無理はさせない。愛してる、慈円。いいだろ？」

慈円は何度も瞬《まばた》きをした。

愛してるなんて。

かあっと顔から火が噴きそうになるほど、赤くなる。頭の芯まで熱くなって、倒れそうになった。

「ホント、可愛い。きれいな上に可愛いって、反則だろうが。あんたが今まで恋人のひとりもいなかったなんて誰も信じないぞ」

言いながら幸人の唇が近づいてくる。幸人は思わずぎゅっと目を閉じた。

腰を抱く幸人の手に優しく力が込められる。すると自然に慈円の体から力が抜けていった。すかさず彼に唇を重ねられた。

「ん、ふ……」

慈円が躊躇いがちに幸人の背に手を回す。

おずおずと舌先を差し出すと、そこに彼の舌が搦められた。長く、甘い口づけに酔う。

「んっ、……ふ……ぅ」

口づけの合間に漏れる慈円の吐息が徐々に艶《つや》を帯びる。上顎《うわあご》をなぞられ、舌を吸われるうち、体中が蕩けるほどの熱が籠《こ》もり出す。

次第に慈円を抱く幸人の腕にも力が籠もってきた。

髪をまさぐっていた彼の手は慈円の背を滑っていく。

やがて法衣の中へと侵入した彼の手は、胸へと到達した。彼の指が乳首に触れ、その刺激に戦《おのの》いて思わず慈円は体を離してしまった。

「や……ぁ……っ」

自分ではさんざん触っていて、そこの快感はわかっていたはずなのに、それ以上の快感に慈円はひどく驚いた。

乳首を自分で弄ったときにもかなりの快感を覚えていたのに、幸人が触るとそれ以上に感じてしまう。あまりにびっくりしてしまったのだ。

「ご、ごめんなさい……」

目の前の幸人は怒っているだろうか。おずおずと上目遣いに窺うと彼はクスクスと笑っていた。

「感じたのか。可愛いな」

怒るどころか、ますます頬を緩めている様子の幸人に慈円は戸惑う。

ぎゅっと抱きしめられ、「もっと、エッチなことするぞ」と耳元で囁かれた。

そのあからさまな言葉に慈円の肩がびくりと震える。しかし幸人の胸へ埋《うず》めるように頭を預け、か細い声で「はい」と慈円は返事をする。真っ赤になった顔は幸人に見られないように、ずっと彼の胸元に顔をくっつけたまま。

法衣を脱がされ、襦袢《じゅばん》に足袋《たび》、といった格好でソファーに座らされていた。

「えっろ。……すげえ、興奮する」

胸元がはだけられ、乳首が露になった胸と、足を割り開かれてほっそりした太腿ときゅっと締まったふくらはぎが見え隠れしている。そこに白い足袋。

唇へと落としていた口づけはいつの間にか、首筋へと流れ、今度は胸へと移動をはじめる。彼の舌が乳首へ辿《たど》り着いたときには、そこは既に紅《あか》く誘うように尖《とが》っていた。

ねろりと尖った乳首を舐められ、慈円の体がぴくりと震える。

それだけでも感じてたまらないのに、幸人はもう一方の乳首を指で捏《こ》ね回した。

「あっ、あ、……ゆき……やあっ」

彼は口に含んでいるほうの乳首を、飴《あめ》を舐めるように舌の先で転がしたり、甘噛みしたりする。慈円はその刺激に背を反らせた。

「嫌？　やめる？」

舌で脇腹《わきばら》を辿りながら、ちらりと慈円の顔を覗き込んだ。

慈円はふるふると頭を振る。

「ん。こっちも可愛くなってるしな」

ほら、と幸人が慈円の手をとって、股間《こかん》に導く。

自分の股間に触れて、慈円はますます恥ずかしくなった。なぜなら慈円のペニスはゆるりと勃ち上がっている。触れられたわけでもないのに、幸人のキスと胸への愛撫だけでそこが形を変えていたのだ。

恥ずかしさに脚を閉じようとしたとき、幸人が突然体勢を変え、慈円の膝を割って、股間に顔を埋めた。

「やっ……やっ、な……なにっ」

なにを、と言う間もなく下着が下ろされ、慈円のものは幸人の口内に含まれた。裏筋を舐められ、口内でそれを上下されると、さらにぐんと質量を増す。

「や……あ……っ」

幸人に自分の勃起したものを咥《くわ》えられているのがいたたまれなくて、慈円は幸人の頭を股間から引き剝がそうと躍起になる。

「ダメ。気持ちよくさせる、って言っただろ。おとなしくしてな」

そう言うなり、幸人はぴちゃぴちゃという水音を立てて慈円のペニスの先端を舐め回す。陰嚢をまさぐり、鈴口を舌先で突く。これまで感じたことのない強い刺激に慈円は堪えきれず甘く声を上げた。

「……うっ……ふ、う、ぁ……んっ」

幸人の舌が根元からくびれにかけてを舐め上げた。先を吸い上げ軽く歯を立てられる。

「やあっ、もっ、も……い……から……っ」

涙目になり、ふぅふぅと肩で息をしながら慈円は幸人に訴える。

しかし彼はまったくやめる気配を見せない。それどころかじゅぽじゅぽと音を立てて、一層激しく責め立ててくる。

「やだ、やだ、幸人さん、幸人さん、イっちゃう、イっちゃうから……っ」

過ぎた刺激に慈円の太腿がガクガクと揺れる。

射精が近くなって、慈円は泣きわめく。このままだと、幸人の口の中に出してしまいかねない。

そう思ったとき、幸人がジュッ、と強く吸い上げた。

「アアッ、あ、あ、あ……あぁ……」

出すまいと思っていたのに、幸人の口に放ってしまう。

「……ご……めん……なさ……」

幸人の口の中に出してしまったことを謝った。こんなものを口に含ませてしまったなんて、申し訳ないにもほどがある。

なのに幸人ときたら慈円の出したものを、こくりと飲み干している。

「ゆ……幸人さん……っ」

「あんたの味だ」

意地の悪い物言いだと慈円は上目遣いに幸人を睨《ね》めつけた。

「ひどい……意地悪……」

「意地悪？　そうかな。もっとひどいことしようと思ってるんだけど」

にやりと笑う幸人の顔がものすごく色っぽくて、慈円はぞくぞくする。これ以上なにをするんだろう。ひどいことって？　と、怖いのと同時にどこか期待している自分もいた。

「安心しな。あんたをもっと気持ちよくさせてやる」

手当てをしている頬に幸人はやさしく小さなキスを与えた後、ちょっと待ってな、とどこかへ行ってしまった。戻ってきたときには、手になにかのボトルを持っている。

あれは、と慈円は見たことのあるボトルに顔を赤らめる。

幸人が手にしていたのはローションだ。慈円も実はこっそり買って持っていた。まさか幸人とまたこんな関係になれると思わなかったため、あのはじめてのアナニーから、慈円は何度か後ろを弄って自慰をしていたのだ。

（うわ……ど、どうしよう。幸人さんにあのことがバレたら……っ）

あのこと、というのはもちろんアナニーのことである。

不必要に後ろが解《ほぐ》されていたら、彼は呆れてしまうだろうか。はしたない、と思われる、と慈円は血の気が引いた。

（だって……気持ちよかった……）

正直なところ、後ろを弄るのは気持ちいい。指での探り方が上手くないせいか、前立腺こそまだ探り当てられていないけれど、乳首と一緒に後ろを弄るのがやめられない。

こんな趣味があるだなんて、彼に知られたら――。

（ドン引きされたらどうしよう……）

慈円の目が泳いだ。でも、この状況では逃げるのも無理だ。それにこれでもう嫌われてもいい、と慈円は覚悟した。

（幸人さんとできるなら……呆れられて捨てられても、一度だけでもできるならそれでいい……）

謎《なぞ》の覚悟とともにぎゅっと目を瞑る。どうにでもなれ、そんな気分だった。

「慈円？」

不思議な挙動の慈円に幸人が声をかける。

「なにやってんだ」

「いっ、いえっ、なんでも……っ。——あの」

「なんだ」

幸人は首を傾《かし》げた。慈円の様子がおかしいことに気づいたらしい。

「その……あ、呆れないでくださいね」

「なにを？　童貞だってこと？　はじめてだってこと？　そんなのいまさらだろ。それにそんなことくらいで呆れるわけないって」

クスクスと笑う幸人に慈円は苦笑いをした。

「そうじゃないんです……あの」

慈円は言葉を続けようと思ったが、「もう黙ってな」と幸人にキスで口を塞がれる。

そうして、幸人はローションを手に出し、ローションまみれの指を慈円の後ろにあてがった。

「……ひ……っ」

冷たい感触に慈円は息を詰め、僅《わず》かに身じろいだ。

慈円の逃げる腰を幸人は捕まえて、襦袢をぺろんとめくる。露になった尻の奥に指を突き入れた。ぐちゅん、というあからさまな音に慈円は唇を噛みしめる。

「……なあ」

幸人がニヤニヤとしながら幸人の耳元に囁きかけてきた。

「は、はいっ」

慈円は身を固くしながら、返事をした。

（うわ、きっとわかっちゃった……わかっちゃったに決まってる……どうしよう）

なにを言われるだろう。怒るだろうか、呆れるだろうか。おまえなんか嫌いだ、と叩き出されるだろうか。

ぎゅっと目を瞑っていると、幸人は空いた手で慈円の頬を撫でる。

「後ろ……弄ってみた？」

「どっ、どうしてそんなこと……っ」

すっとぼけようと思ったが、この返事では肯定しているも同然だ。

「やわらかくなってる。な、答えて？　後ろ、俺に入れられること想像してみたの？」

チュッチュッと頬に口づけられて、慈円は幸人の顔を見ずに小さく頷いた。

「……し、しました」

「それで？」

「それで……その」

「弄ってみたんだ？」

もう否定はできなかった。慈円はこっくりと頷く。その途端、幸人にぎゅうぎゅうと抱きしめられる。

「あんた、ホントに可愛い。なあ、なんでそんなに可愛いんだよ」

「あっ、あの、呆れないんですか……？　嫌いになりませんか？」

「なんで嫌いになるんだって。あー、めちゃくちゃ可愛い。——なあ、後ろ、どうやって弄ったの。教えて？　こう？」

そう言いながら、幸人は慈円の中をぐるんと指で掻き回した。

「あ……っ！」

思わず声が出た。

「感じちゃうんだ。な、してるとこ見せて」

「いっ、いやですよ……っ」

そんな恥ずかしいところ見られたくはない。

「俺のこと思って、えろくなってるあんた見てみたいんだけど。なあ、ダメか？」

「あっ、悪趣味です……！」

慈円は両手で顔を隠す。恥ずかしくて幸人に顔を見られたくない。なのに、幸人ときたら慈円の手を顔から外してキスの雨を降らせる。

そして慈円の後ろを存分に弄った。

「……んっ、あ……ぁ、あぁっ」

声が甘くなってくるのがわかる。自分の指よりも太く長い幸人の指は十分に中に充足感を与えていた。

「……慈円ン中、熱くて狭くて……誘ってるみたいに動いてる。とろっとろで、やらしいな……」

ごくりと息を呑みながら、幸人が興奮したように言う。

「い、いじわ……、ぁあ……っ」

意地悪、と幸人に文句を言いたかったが、彼の指で中をぐるりと擦られれば、文句を言う声は喘ぎに変えられる。

「俺のこと思ってこうなったんだろ？　うれしいよ」

唇にやさしいキスを贈られて、慈円は泣きそうになった。

幸人は指を抜き差しさせてくちくちと後ろを弄り続けた。いつの間にか指は増やされて奥のほうまで探っていた。

それどころか幸人は指を曲げて中をさらに掻き回す。自分では得られない感触に慈円の口から漏れる声はひたすら甘くなっていくだけだ。

「アッ！　アア……ッ！」

幸人の指が、慈円のある場所へ辿り着くと、凄まじい電流が体を駆け巡った。強烈な感覚に慈円はビクンと腰を揺らす。

「やっ、あ、ああっ、あ、ぁ……んっ」

「ん、ここな」

幸人は満足そうに言うと、執拗にそこを弄る。すると慈円の体はガクンガクンと勝手に跳ねてしまう。

一度放っているのに、慈円のペニスは再びゆるりと勃ち上がる。感じているというその証拠にペニスの先からとろとろと透明の蜜をこぼれさせていた。

はだけられた襦袢から覗く赤い乳首。乱れた裾《すそ》の間からは濡れそぼって充血したペニスが見えている。さらに幸人の目には慈円の上気した顔にだらしなく開かれた唇も映っているだろう。

いやらしい姿になって、いやらしいことをしているのに、すごく幸せだった。

「入れていいか」

そう言った幸人の目も艶めいている。男らしさにセクシーさが加わって、慈円の胸がときめいた。

慈円が頷くと、幸人は手早く着ていた服を脱ぐ。シャツを脱いで露になった上半身にはうっとりするくらいの見事な筋肉がついていて思わず溜息をついてしまった。彼がジーンズとそれから下着を脱いだとき、尻を慈円に向ける。その体のラインは慈円がずっとずっと憧れていたもので、間近で見てしまったことに夢ではないかと一瞬放心する。そして彼の体の中心には逞しい性器がそそり立っていて、彼が自分に対して興奮してくれていることに慈円は安堵した。

(きれい……)

美術品のような完成された美しい肉体、が自分の目の前にあって、この美しい体にこれから自分が抱かれるのだと思うと、どうしようもなく昂《たか》ぶる。

「幸人さん……きれいです。すごく」

慈円は幸人の体に手を伸ばした。触れたい。あの体にもっと。

「そっか。ありがとな。でも、俺はあんたのほうがきれいだと思うが」

そう言うなり、幸人は慈円の脚を抱え上げた。

ギシ、とソファーが沈む音と、互いの乱れた呼吸。さらにソファーが軋み、幸人が慈円へ傾いでいった。

「ん、あ……あ……ッ！」

押しつけられた幸人の熱い欲望が、ゆっくりと慈円に沈んでいく。

自分の指ではなく、太いもので中を拓かれていくのは、さすがに圧迫感がある。けれどひとつになったうれしさに慈円はぎゅっと幸人にしがみついた。せつない愉悦が体中に広がって、どこもかしこも感じすぎてしまう。

「……慈円、ああ……いい……」

慈円の中に入った幸人が、たまらずといったように上げる掠《かす》れた声にひどく欲情した。

幸人にちょっと触れられただけで、甘い声を上げ、それはとても自分の声とは思えなかった。

「あんたの声、クるな。……いい声。もっと聞かせてくんねえか」

そうしてゆるい突き上げが慈円の体を揺すり出す。

ゆるい律動はやがて深く速くなる。いつしか慈円は、自分から腰を揺らしていた。幸人は腰を動かしながら、唇を慈円のこめかみに押しつけた。彼の熱い吐息を耳元に感じる。彼は慈円の額に、頬に、軽いキスを繰り返し、愛《いと》しくてたまらないというふうに、頬をすり寄せる。

「ゆき……とさ……」

慈円は幸人の名を呼んだ。

「ん？　気持ちいいか？」

慈円はこくりと頷いた。

気持ちがいい。とても。

けれどもっと違うところにキスが欲しい。唇に、うなじに、そして別のところにも。キスだけじゃなくて、自分のもっと奥深くを激しく穿《うが》たれたい。彼をもっと感じたい。誘ったら……してくれるだろうか。

だんだんと欲深くなる自分を自覚しながら、ひどく渇望する。

「……もっと……して……」

慈円の哀願はひどく甘さを含んでいる。そのねだる声に思わず漏れた幸人の吐息が生々しくて、目眩がした。

「……っくしょ、煽《あお》るなって」

ひと言吠《ほ》えるように言うなり、幸人は一層膨らんだ彼自身を激しく慈円に突き入れる。

「ひ……っ、ああっ……あ、んっ……！」

「やべ、くそ……もちそうにねぇ……すげ……いい……」

激しい勢いでガクガクと揺さぶられ、慈円の思考は朦朧《もうろう》となっていく。

「アッ……あっ、あ、…っ、……んっ、ん……」

そして先ほど指で探られた、慈円をおかしくさせるところに幸人のものが当たると、そのあまりの刺激に慈円は咄嗟に中を締めつけた。

「……ちぎれちゃうって。あんた、ホント、たちが悪い。反則だって」

くそ、と吐き捨てるような声がしたと思うと、ぐい、と慈円の脚がさらに持ち上げられる。腰が浮いて、上からズンと穿たれた。

「アアッ……！」

深い場所を幸人のものが抉って、慈円は体を仰《の》け反《ぞ》らせた。幸人はその体を逃すまいとしっかりと抱え、激しく擦り上げる。

「う、うっ……っ、ぁっ、……んっ」

泣くような喘ぎを漏らして、慈円は幸人にしがみつく。

「慈円……好きだ。あんたは全部俺のもんだからな。……いいか？」

「い、いい、です……幸人さん、私も、好き……」

熱くて、気持ちがよくて、溺《おぼ》れてしまう、と慈円はひたすら幸人の名前を呼んだ。

体から熱が逃げていかず、熱くて熱くてたまらない。

突き上げられて、啜《すす》り泣くように声を上げ、幸人の背に爪を立てる。

「んっ、あっ、あ、んっ、あああっ」

入れられているものがぎりぎりまで引き抜かれ、次の瞬間には最奥まで突き上げられた。その抉り取られるような感覚を何度も繰り返されて、次第に慈円は高みに上り詰めていく。

「イかせて……っ、やだ……イく……っ」

「イきな」

「あっ……ゆき……あぁっ……ぁあっ」

何度目かに奥を突き入れられたとき、慈円はつま先に緊張を走らせる。白い足袋をつけた足が空に舞い、胸を震わせて達した。びゅくびゅくとペニスの先から白濁がこぼれ出して、肌を濡らす。

愉悦の解放感に頭の中が白くなる中、慈円の中が熱くなる。幸人も自分の中で果てたのだとわかって、この上なく満たされた気持ちになっていた。

「ま、とにかくおめでとう。これはアタシからのお祝い」

テーブルの上に、ドン、と大きなホールケーキが置かれた。

白い生クリームにたくさんのフルーツがのっていて、しかも二段重ねだ。てっぺんには キャンドルと、それからチョコレートのメッセージプレート。そこには古典的な相合い傘と、幸人と慈円の名前が書かれている。さらにケーキの上にはピンクのハート型のチョコレートもちりばめられているという豪華仕様だ。

「わああ！　幸人、幸人、すごいおおきいケーキです！」

そのケーキに一番興奮しているのは、幸人の隣に座っている真紘だった。

今日は大地の店の定休日だが、特別に大地が慈円と幸人たちを招待してくれた。どうやらこのケーキを振る舞いたかったらしい。

「真紘、いっぱい食べていいわよ」

「はいっ」

真紘はとても喜んでいるが、慈円の心中は複雑だ。

なにしろチョコレートプレートの裏にはもうひとつメッセージが書かれていて、そこには「祝・バージン喪失」の文字。嫌がらせのようなお祝いに喜んでいいのか、文句を言っていいのかと慈円はじろりと上目遣いで大地を見た。

「なによ、その目」

「だって、これ……なんだよ」

「あら、いいじゃない。事実なんだし。アタシはやっとあんたが一人前に恋人ができたって喜んでいるだけよ。親友として。もうあんたのうじうじした愚痴を聞かなくてすむかと思うとほっとするわあ」

それを聞いて、慈円は小さくなってしまった。確かに大地にはかなり心配をかけたという自覚はある。

「う……それは……ごめん」

「そうよ。――ってことで、幸人さん、この子よろしくね。それからこのお礼は、合コンでいいから。いい男いっぱい揃《そろ》えておいて。顔より性格重視で。あと、多少お金がなくてもアタシが食べさせてあげるから、そこは大丈夫よ。ただ浪費癖は勘弁ね」

めいっぱい自分の都合のいい条件を並べる大地に幸人はクスクス笑いながら、「はいはい」と返事をしていた。

「それより、昨日のお遊戯会どうだったのよ」

例のコンビニ強盗の事件のせいで、お遊戯会の日程が繰り延べになっていた。

結局あの日、騒ぎが大きくなったことで園児たちは早退させることとなり、幸人と一緒にやってきたスタッフたちには引き取ってもらうことになってしまった。

しかし次の日に、幸人とそれから都合のついた数名のスタッフが園を再び訪れた。事件のことを知った小宮が「もう一度行ってきてやれ」と送り出してくれたのだという。小宮の粋な計らいに園側はとても感謝した。おかげで、特撮を毛嫌いしていた先生の認識も随分変わったようである。

改めてシャインブルーに扮した幸人やその他スタッフらによって、園児たちにダンスの指導をしてもらったのだが、それが功を奏して昨日のお遊戯会では拍手喝采《かっさい》の大成功だったのだ。

その様子を話すと、大地もにこにこと笑顔になっていた。

「そう、それはよかったわ。子どもたちも喜んだでしょ」

「うん。みんなかっこよく踊ってた。全部幸人さんのおかげ」

そこまで言って、真正面に座っている幸人を慈円が見る。その顔を見て、改めてはあ、と慈円は溜息をついた。

なにしろヒーロースーツを着た幸人を目の前で見られる幸せときたら……。動くシャインブルーを至近距離で見られたことに、慈円のテンションはかなり上がっていたのだった。

「ちょっと、あんたなにぼんやりしてんのよ」

大地に小突かれ、はっと我に返る。

「え……んと、この前のシャインブルーかっこよかったなって」

くふふ、とあの日のシャインブルーを思い出し、幸せだとばかりにうっとりとした顔をする。その様子に慌てたのは幸人だった。

「おい、慈円、シャインブルーかよ！　俺は⁉」

「あっ、あっ、も、もちろん幸人さんもかっこいいですっ」

とはいえ、やっぱりヒーロースーツの幸人はまた全然別のかっこよさがある。どっちも甲乙つけがたい。

「幸人さん、『も』？」

「ちがっ、あの、幸人さん『は』ですっ。もう、シャインブルーに焼きもち妬かないでください。シャインブルーと幸人さんとは全然別次元で好きなんですから」

「なら、いいけど」

「もう、幸人さんってば」

そんなこんなで慈円と幸人の間にはピンクだの赤だののハートマークが飛び散っているありさまで、その様子を見ながら大地が盛大な溜息をついた。

「ちょっと、真紘、いいの？　あんたこんなふたりと一緒にいて、平気？」

一心不乱にケーキを食べている真紘に話しかける。

「へいきです」

「へえ、あんたさすがね。かっこいい。いい男になるわよ」

感心したように大地が言った。

「あたりまえです。ぼくはおおきくなったら、ぜったい幸人よりかっこよくなるとおもいます。そしたら幸人からじえんせんせいをうばって、じえんせんせいにおよめさんになってもらいますから」

にっこりと笑って真紘は不穏なことを言うのだった。ただしそれを聞いていたのは大地だけだったけれども。

あとがき

こんにちは。淡路 水です。このたびは「オタクな美坊主とイクメンアクター」をお手にとっていただきまして、本当にありがとうございました！

お坊様ものを書くのは二回目でして、はじめはお坊様攻めの作品でしたが、今回はお坊様受けとなっております。お坊様、というワードできっと以前書いた作品を思い浮かべた方ももしかしたらいらっしゃるかもしれません。あの懐かしい人もちょっぴり作中に出ていますので、思い出していただけたらうれしいです。

今回の攻めさんは特撮のスーツアクターさんです。ご存じの方もいらっしゃると思うんですが、わたし自身がとても特撮が好きなんですよね。なので、今回書くことができてすごく楽しかったです。どちらかというと、巨大ヒーロー派なのですけれど、もちろん等身大ヒーローも大好きで毎週日曜日の朝にはテレビにかじりついています。

慈円同様、自分の中の正義と葛藤しながら誰かのために戦う姿に魅了されているひとりです。どのお話もめちゃくちゃかっこいいですよね……！　そんな特撮への愛を込めつつ、未熟な僧侶慈円の恋を書きました。ちびっ子真紘と親友の大地の助けを借りて、ようやく第一歩を踏み出した慈円の活躍にご期待ください……！

そんなお話を、加東鉄瓶先生にものすごくすてきなイラストで彩っていただきました！ラフをいただいたときの担当さんのメールに「幸人さんかっこいいです！ 美尻〜」とあり、わたしも拝見して「おお……！ これはいい尻……！」と、大興奮したのは言うまでもありません。キャラもすてきなんですが、それだけでなくペン太や、それからシャインレンジャーのロゴつきデザインという細かいところまで気にかけてくださって、本当にうれしく、ときめきました。かっこいい幸人ときれいで可愛い慈円、そして可愛すぎる真紘……どのキャラも魅力的に描いてくださいまして本当にありがとうございました！

いつもながら担当さんや友人知人、そしていつも励ましてくださる皆様のおかげで今回もなんとか書き上げることができました。ありがとうございます！

わたしの趣味丸出しの話でしたが、楽しんでいただけたらとてもうれしいです。

そしてまたお目にかかれましたら幸いです。

淡路 水

本作品は書き下ろしです。

ラルーナ文庫

この本を読んでのご意見・ご感想・ファンレターなどお待ちしております。〒111−0036 東京都台東区松が谷1−4−6−303 株式会社シーラボ「ラルーナ文庫編集部」気付でお送りください。

オタクな美坊主《びぼうず》とイクメンアクター

2018年1月7日 第1刷発行

著　　者｜淡路 水《あわじ すい》

装丁・DTP｜萩原 七唱

発 行 人｜曺 仁警

発 行 所｜株式会社 シーラボ
〒111-0036 東京都台東区松が谷 1-4-6-303
電話 03-5830-3474／FAX 03-5830-3574
http://lalunabunko.com

発　　売｜株式会社 三交社
〒110-0016 東京都台東区台東 4-20-9 大仙柴田ビル 2 階
電話 03-5826-4424／FAX 03-5826-4425

印刷・製本｜中央精版印刷株式会社

※本書の全部または一部を無断で複写することは著作権法上での例外を除き、禁じられています。
乱丁・落丁本は小社宛てにお送りください。送料小社負担にてお取替えいたします。
※定価はカバーに表示してあります。

© Sui Awaji 2018, Printed in Japan

ISBN978-4-87919-008-6

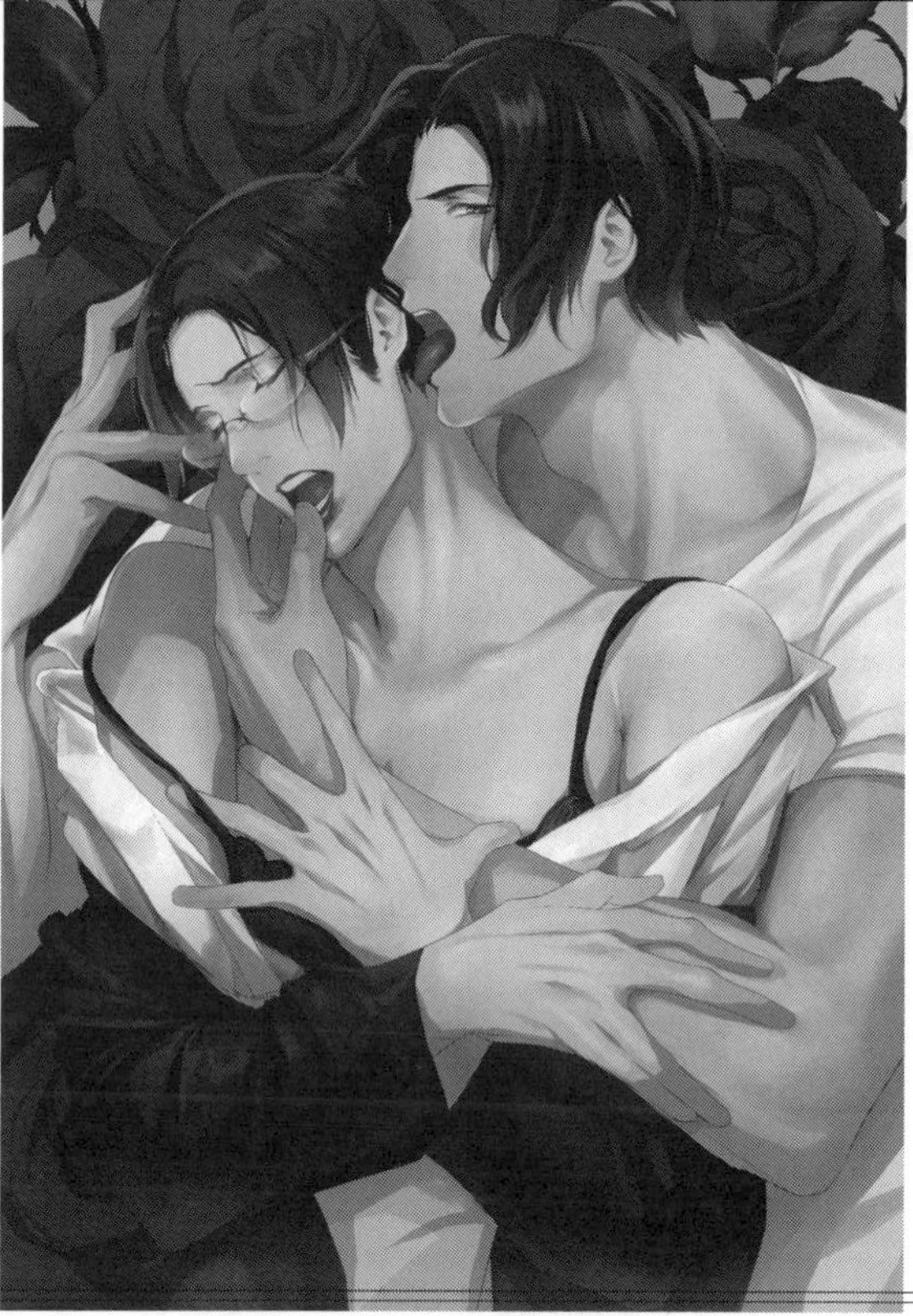

LaLuna

毎月20日発売！ラルーナ文庫 絶賛発売中！

兄と弟～荊《いばら》の愛執～

| 淡路 水 | イラスト：大西叢雲 |

女装の趣味を弟に知られ…エリート官僚の兄は、
抗いながらも禁忌の悦楽へと堕ちていき…。

定価：本体680円＋税

三交社

LaLuna

毎月20日発売！　ラルーナ文庫　絶賛発売中！

にょたリーマン！
～スーツの下のたわわな秘密～

｜ウナミサクラ｜イラスト：猫の助｜

ある朝目覚めると『女の子』になっていて…。
幼馴染みの先輩に疼いてしまう悩ましい身体。

定価：本体700円＋税

三交社

LaLuna

毎月20日発売！ ラルーナ文庫 絶賛発売中！

夜明け前まで
～仁義なき嫁番外～

高月紅葉 | イラスト：小山田あみ

関西ヤクザの美園に命を買われ、
拳銃密売の片棒を担ぐ傍ら『性欲処理人形』となって…。

定価：本体700円＋税

三交社

LaLuna

毎月20日発売！ラルーナ文庫 絶賛発売中！

はぐれ稲荷に、
大神惣領殿のお嫁入り

鳥舟あや｜イラスト：香坂あきほ

行き倒れていた身重の大神惣領…
はぐれ稲荷に拾われて。黒仔狐のお友達までできて…。

定価：本体700円＋税

三交社

LaLuna

毎月20日発売！ ラルーナ文庫 絶賛発売中！

いじわる狐とハートの猫又

野原滋　イラスト：山田シロ

半端者の猫又つむぎ。大切な家を壊そうとする
怪しげな男を威嚇するが逆に絆され…

定価：本体680円＋税

三交社